KB234584

호주머니에 시를 넣고 다니셔요

삽화 **김은정**

서울예고와 서울대 미대 서양화과를 졸업했다. (주)바른손에서 디자이너로 근무
하다 출판 일러스트레이션에 관심을 갖게 되어 이후 프리랜스 작가로 활동하면서
동화책 및 일반 단행본에 다양한 스타일의 일러스트레이션 작업을 펼치고 있다.

젊은 세대를 위한 영시선집

호주머니에 시를 넣고 다니셔요

초판1쇄 인쇄 2009년 5월 25일
초판1쇄 발행 2009년 5월 30일

편저자 김용철
발행인 엄경희
발행처 서프라이즈

주소 서울시 마포구 도화동 173 삼창빌딩 1403호
전화 02)719-9758 팩스 02)719-9768
이메일 books4u@naver.com
등록 2003년 12월 20일 제313-2003-00382호

ⓒ 2009 김용철

ISBN 978-89-92473-06-4 03840

값 12,500원

젊은 세대를 위한 영시선집

호주머니에 시(詩)를 넣고 다니셔요

김용철 편저 김은정 삽화

서프라이즈

이 책을 이 세상 삶의 기쁨을 받들
젊음의 기수旗手들에게 바칩니다.

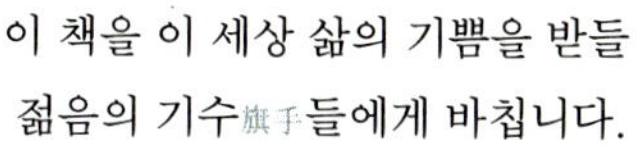

Preface 머리말

새 생명으로 회복되는 젊은 세대를 위하여

수년 전에 대학 가는 손녀에게 축시를 써 보냈더니 손녀가 그것을 큰 입학 선물로 받겠다며 감격조로 말하기에 내가 도리어 감동 받은 적이 있습니다. 거기에서 힘을 얻어 다음 손녀에게 또 외손자에게 대학 갈 때면 축시를 써 주는 가풍이 우리 집안에 서게 되었습니다.

이 영시선집 작업을 시작한 것도 실은 손자 손녀에게 축시를 써 주던 때와 비슷한 마음에서였습니다. 그것은 기계 문명의 매연으로 마음의 눈이 흐려질 대로 흐려지고 치열한 학업 경쟁에 시달려 마음결이 메말라 버린 오늘의 젊은 세대를 보면서 그들이 상처 없는 청춘으로 회복되기를 바라는 나의 간절한 마음이었습니다. 그래서 오랜 전통을 자랑하는 영미의 시문학을 통해 새 생명의 회복을 찾아보는 것이 좋겠다는 생각에 이른 것입니다.

고대 희랍에서부터 시적 영감을 중시해 왔습니다. 희랍의 철인들은 시인의 영감을 신의 뜻을 전갈하는 선지자의 영감에 비유하였으며 영국 시인 셀리(Percy B. Shelley)는 시인을 "자신도 모르는 사이에 영감을 받은 사제(司祭)"라고 명명하였습니다. 시적 영감이란 아무에게나 아무 때나

오는 것이 아니고 오직 수정 같은 마음눈과 비단 같은 마음결을 가진 자만이 받아서 창작에 임할 수 있는 것이라고 후세의 시인들이 증거하여 말하였습니다.

편저자인 나는 시인의 그러한 마음눈과 마음결을 벤치마크로 삼고 이 시선집을 꾸몄습니다. 이 책에는 지명도가 높은 전통 영미 시인들과 우리나라에는 그다지 알려지지 않았지만 본국의 문학계에서는 활발하게 글을 쓴 시인들의 작품을 반반 가량 섞어서 올렸습니다. 그렇게 한 이유는 전통적으로 대학 강의실에만 갇혀 있던 고답적인 '영시'에게 문호를 활짝 열어 관심 있는 일반 독자와 중고생들에게까지 그야말로 '열린 영시'의 면목을 보여주기 위해서였습니다.

시 작품들은 독자의 개인적 취향과 이해의 정도를 고려하여 순결, 꿈, 자연, 믿음과 사랑 등 인생의 영원한 주제들을 두고 그 밑에 나누어 실었습니다. 영시 52편의 우리말 번역은 이 시선집을 위해 편저자가 새로 시도한 것입니다. 번역시에 흔히 나타나는 번역 냄새 나는 표현을 최대한 줄이면서도 원문의 뜻을 어기는 일은 되도록 피하였습니다.

영시선집을 처음으로 대하는 독자를 위해 영문 시 아래에 간략한 어휘 주석을 붙였습니다. 그리고 시인의 삶을 다소라도 알고 시를 두고두고 음미하며 감상하기를 원하는 독자라면 이 책 후반부의 〈감상편〉을 충분히 활용할 수 있을 것입니다.

끝으로 이 영시선집의 취지를 읽고 기꺼이 출판해 주신 서프라이즈 출판사에 심심한 사의를 표합니다.

캘리포니아에서

김용철

Introduction to Reading Poems 시 읽기에 들어가며

이 책은 전반부에 52편의 시를 영—한으로 소개한 〈작품편〉에 이어 후반부에 시인 약력과 시 작품 해설을 실은 〈감상편〉을 두고 있습니다. 이처럼 구성한 데에는 그 나름의 이유가 있습니다. 시를 읽기 전에 먼저 작자 소개와 편저자의 해설을 읽는 것을 마치 필수적인 준비 단계처럼 생각하는 이들이 더러 있습니다. 그러나 그것은 순서가 완전히 뒤바뀐 것입니다. 작자 소개와 편저자의 해설이 독자의 시 감상을 더 윤택하게 만들지도 모르지만 그것을 읽어 보는 것은 감상의 최종 단계에 가서야 일어날 수 있는 일입니다. 처음에는 되도록 선입견 없이 시를 읽는 것이 바람직합니다.

따라서 시 읽기의 첫 단계는 시를 읽는 것입니다. 그런데 많은 독자들은 시를 읽는 일에 익숙하지 않아 겁내는 반응부터 일으킬 수 있습니다. 시 읽기가 익숙하지 않을 뿐더러 시인이 쓰는 언어가 산문 작가의 언어에 비해 함축적이고 어순이나 말의 구조가 더 복잡하며 말의 표현과 의미가 오묘하여 가까이 다가서기가 어렵기 때문입니다. 고전 시에서 현대시로 옮겨 올수록 독자의 부정적인 반응은 더욱 심해집니다. 이 모든 것을 극복

하는 현실적인 방안들을 이제 생각해 봅니다.

🌷 시 읽기에 대하여

　첫째로, 시를 읽을 때 그것이 내용이 쉬워 보이든 어려워 보이든 처음부터 끝까지 쉬지 않고 읽어야 합니다. 읽어도 무슨 소리인지 알 수 없는데 어떻게 끝까지 읽으라는 말이냐고 반문할 수도 있습니다. 그러나 그렇게 반문하는 독자들은 대개 끝까지 읽을 의지가 없어서 처음 몇 줄, 몇 연만 읽다가 손을 들어 버리는 사람들입니다. 좋은 시는 대개 그 나름의 개체성 또는 조화를 지니고 있게 마련이므로 처음부터 끝까지 통독하지 않고서는 그 시에 담긴 의미라든가 전체적인 느낌 따위를 잡아내기 어렵습니다.

　둘째로, 시를 한 번 읽고 나서 개체성이 잘 잡히지 않으면 다시 통독하는 것이 좋습니다. 그리고 이번에는 소리를 내어 읽는 것입니다. 왜 소리를 내어 읽어야 하는가 하면 낱말을 발음하여 나가면 눈으로만 읽을 때보다 이해가 더 잘 되기 때문입니다. 그리고 소리를 내어 읽게 되면 리듬이나 운을 더욱 의식하게 되고 그로 인해 시인이 의도하는 역점이 어디에 있는가를 더 잘 이해하게 됩니다. 전문가들이 권장하는 바에 의하면 음독할 때에는 되도록 저음으로 감정을 넣어 읽어야 하며 단조로운 소리로 읽는 것은 피해야 한다고 합니다. 단조로운 음독은 시의 중요한 본질인 음악성을 죽여 버릴 수 있기 때문입니다. 저음으로 감정을 넣으라는 것은 대체로 서정시에 해당되는 말이고, 유달리 활달한 음조가 들어간 시는 영창조로 부를 수도 있습니다.

　셋째로, 위 과정을 거치고 나면 시에서 말이 어떤 효과를 위해 어떤 방식으로 배열되고 강조되고 변형되는가 하는 수사적인 면을 들여다보는 것이 중요합니다. 예를 들어 시에서 중심어(keyword)가 되는 말이 어떤 것이며 자주 되풀이되는 말들이 있다면 어떤 것들인지, 또 한 연과 다음 연이 서로 공유하거나 대비되어 나타나는 사상은 어떤 것인지 등을 지켜본다면 시 전체를 통한 생각의 흐름을 이해하는 데 도움이 될 것입니다.

효율적인 시 읽기 경험

이 시선집을 교육 현장이나 가정에서 사용하면서 나이 어린 독자들과 함께 효율적인 시 읽기 경험을 가지려면 다음과 같은 것에 유의하는 것이 좋습니다.

1. 어린 학생들이 모인 자리에서는 모두가 똑같은 시를 가지고 공부하는 것은 피하는 것이 좋습니다. 시 읽기는 어디까지나 사사로운 정서의 경험이기 때문입니다.
2. 학과 공부를 하듯 딱딱한 자세로 시를 공부하게 하지 말고 부드러운 분위기에서―예컨대 음악을 은근히 틀어서 기분을 내게 하거나 텔레비전 화면에 즐거운 그림을 보이면서―시를 읽게 합니다.
3. 시를 다 읽고 나면 '이 시에서 시인이 말하고자 하는 것이 무엇인가?'라는 식으로 교훈적인 메시지나 의미를 찾기보다는 시에 들어 있는 음향적인 낱말, 색채의 낱말, 동작의 낱말, 노랫가락을 이루는 행 등을 찾아서 토론하는 것이 바람직합니다. 시의 이런 수사적인 면을 다루게 되면 시인이 궁극적으로 의도하는 의미가 스스로 나타나게 될 것입니다.

4. 어린 학생들에게 시를 암송하게 할 수 있습니다. 그럴 때 단번에 한 행, 또는 한 연씩 외우게 하는 것보다 시의 전체적인 배열이나 패턴을 머릿속에 새겨 두게 하면서 암송하게 하는 것이 좋습니다.

5. 시를 깊숙이 이해하려면—그리고 그 시를 정말 사랑하려면—같은 시를 여러 번 되풀이하여 읽는 것이 중요합니다. 단번에 되풀이를 계속하면 지루해질 수도 있으므로 시간적 간격을 두고 이미 읽었던 시를 다시 읽게 하는 것이 좋습니다. 이렇게 시 읽기에서 재방문하는 경험이 놀랍게도 윤택한 결과로 나타날 수 있습니다. 한 번 읽었던 시라고 냉대하지 말고 2주나 3주 후에 학생들에게 다시 읽혀 보십시오. 친숙감과 자신감을 얻은 그들은 시 읽기에 날이 갈수록 취미를 붙일 것입니다.

6. 시에 친숙해지는 또 한 가지 방법은 호주머니에 시를 넣고 다니면서 틈틈이 읽어 보는 것입니다. 지하철 안에서든 공원에서든 학교 운동장에서든 어디든지 좋습니다. 시를 읽어 가다가 머리에 떠오르는 자기 자신의 시상이 있으면 수첩에 즉각 적어 넣습니다. 시의 감상에 도움이 됨은 물론 직접 시를 지어 보는 단계로 나아가는 데 밑거름이 될 것입니다.

모쪼록 이 시선집을 손에 드는 그날부터 세상을 바라보는 시인들의 맑은 마음눈과 부드러운 마음결을 몸소 경험하며 감동의 하루하루를 지내는 여러분이 되시기를 바랍니다.

Contents _{차례}

Poems

I. Innocence and Childhood

작품편

I. 순결과 동심

II. Dreams of My Own

III. The Beauties of Nature

II. 나만의 꿈

III. 자연의 가경

IV. Faith, Family and Fellowship

IV. 믿음과 가족과 친교

Poems
작품편

Selected English Poems for the Young at Heart

Innocence and Childhood

Songs of Innocence:
Introduction

William Blake

Piping down the valleys wild,
Piping songs of pleasant glee,
On a cloud I saw a child,
And he laughing said to me:

"Pipe a song about a Lamb!"   5
So I piped with merry chear.
"Piper, pipe that song again";
So I piped: he wept to hear.

"Drop thy pipe, thy happy pipe;
Sing thy songs of happy chear";   10
So I sung the same again
While he wept with joy to hear.

"Piper, sit thee down and write
In a book, that all may read."
So he vanish'd from my sight,   15
And I pluck'd a hollow reed,

And I made a rural pen,
And I stain'd the water clear,
And I wrote my happy songs
Every child may joy to hear.

2 glee 기쁨 6 chear(=cheer) 〈고어〉 표정; 기분 9 thy(=your) 너의, 그대의 11 sung(=sang) 〈고어〉 13 thee(=you) 너를, 그대를 15 vanish 사라지다 16 pluck 잡아 뽑다 18 stain 더럽히다
🔥 p. 168

순결의 노래:
서시

월리엄 블레이크

황량한 계곡을 따라가며
기쁨에 찬 노래들을 피리 불던 나는
구름 위에 한 아이를 보았으니
그는 웃으며 나에게 말하였습니다.

"어린양에 대한 노래를 피리 불어 주서요!"
그래서 나는 명쾌한 기분으로 피리를 불었습니다.
"피리 부는 이여, 그 노래를 다시 한 번 피리 불어 주서요."
그래서 내가 피리 불었더니 아이는 그걸 듣고 눈물을 흘렸습니다.

"피리 그만 부서요, 유쾌한 그 피리 소리 그만요.
유쾌한 그 곡들을 노래로 불러 주서요."
그래서 내가 같은 곡들을 다시 노래 불렀더니
아이는 그걸 듣고 기뻐하며 눈물을 흘렸습니다.

"피리 부는 이여, 거기 앉아서 책으로 써 주서요.
모두가 읽을 수 있게요."
그러더니 아이는 내 눈앞에서 사라져 버렸습니다.
이어 나는 속이 빈 갈대 하나를 땄습니다.

그리고 나는 전원의 붓을 만들어서
맑은 물에 적셔 씻은 다음
모든 아이들이 듣고 기뻐할
기쁨에 찬 나의 노래들을 써 내려갔습니다.

I piped with merry chear.
나는 명쾌한 기분으로 피리를 불었습니다.

Annabel Lee

Edgar Allan Poe

It was many and many a year ago,
 In a kingdom by the sea,
That a maiden there lived whom you may know
 By the name of Annabel Lee;
And this maiden she lived with no other thought 5
 Than to love and be loved by me.

She was a child and I was a child,
 In this kingdom by the sea;
But we loved with a love that was more than love—
 I and my Annabel Lee; 10
With a love that the wingèd seraphs of heaven
 Coveted her and me.

And this was the reason that, long ago,
 In this kingdom by the sea,
A wind blew out of a cloud, chilling 15
 My beautiful Annabel Lee;
So that her highborn kinsman came
 And bore her away from me,
To shut her up in a sepulchre
 In this kingdom by the sea. 20

The angels, not half so happy in heaven,

Went envying her and me—
Yes!—that was the reason (as all men know,
    In this kingdom by the sea)
That the wind came out of the cloud by night,
    Chilling and killing my Annabel Lee.

But our love it was stronger by far than the love
    Of those who were older than we—
    Of many far wiser than we—
And neither the angels in heaven above,
    Nor the demons down under the sea,
Can ever dissever my soul from the soul
    Of the beautiful Annabel Lee.

For the moon never beams without bringing me dreams
    Of the beautiful Annabel Lee;
And the stars never rise but I feel the bright eyes
    Of the beautiful Annabel Lee;
And so, all the night-tide, I lie down by the side
Of my darling—my darling—my life and my bride,
    In the sepulchre there by the sea,
    In her tomb by the sounding sea.

11 seraph 천사 12 covet 탐내다, 선망하다 17 highborn
kinsman 명문가 남자 친척 19 sepulchre 무덤
p. 169

애너벨 리

에드거 앨런 포

오래 오랜 전의 일입니다.
　해변에 자리한 한 왕국에
애너벨 리라는 이름으로 알려진
　한 소녀가 살고 있었습니다.
이 소녀는 나를 사랑하고 나의 사랑을 받는 것밖엔
　다른 어떤 생각도 없이 살았습니다.

해변의 이 왕국에서
　그녀는 어린아이였고 나도 어린아이였습니다.
하지만 우리는 사랑을 넘어선 그 어떤 사랑으로 사랑했습니다,
　나와 나의 애너벨 리는.
하늘나라의 날개 달린 천사들이 그녀와 나를 탐낼 정도의
　사랑으로 서로 사랑했습니다.

그리고 오래 전에 해변에 자리한 이 왕국에서
　일이 있었던 것도 이 사랑 때문이었습니다,
구름이 바람을 뿜어내어
　나의 아름다운 애너벨 리의 몸을 얼리더니
그녀의 고귀한 가문의 친족이 와서
　그녀를 나에게서 떼어가
해변에 자리한 이 왕국 안의
　어느 무덤 속에 가두어 버린 것입니다.

하늘나라에서 마음이 하나도 기쁘지 않은 천사들이

그녀와 나에게 샘을 낸 것입니다—
네!—그거였습니다 (해변에 자리한 이 왕국에서
　　모든 사람들이 알고 있는 바와 같이)
한밤에 구름에서 바람이 몰아쳐 나와
　　나의 애너벨 리를 얼어 죽게 만든 까닭이 그거였습니다.

하지만 우리의 사랑은 우리보다 나이 든 사람들의 사랑보다—
　　우리보다 훨씬 더 어진 많은 사람들의 사랑보다
　　훨씬 더 강렬한 사랑이었습니다—
하늘나라에 있는 천사들도
　　바다 밑에 있는 귀신들도
나의 영혼과 아름다운 애너벨 리의 영혼을
　　갈라놓지는 못합니다.

왜냐하면 달빛이 비치기만 하면 나는 반드시
　　아름다운 애너벨 리를 꿈에 보며
별들이 나오기만 하면 나는 반드시
　　아름다운 애너벨 리의 빛나는 눈을 보게 되는 것입니다.
그리고 역시 저기 해변의 묘소 안에 있는,
　　파도 소리 울리는 해변의 무덤 안에 있는
나의 귀여운 사람—나의 귀여운 사람—나의 생명이자 신부인 그녀 곁에
　　나는 밤새도록 누워 있는 것입니다.

We loved with a love that was more than love—
I and my Annabel Lee.

우리는 사랑을 넘어선 그 어떤 사랑으로 사랑했습니다,
나와 나의 애너벨 리는.

03

Pippa's Song

Robert Browning

The year's at the spring,
And day's at the morn;
Morning's at seven;
The hillside's dew-pearled;
The lark's on the wing;
The snail's on the thorn:
God's in His Heaven —
All's right with the world!

4 dew-pearled 이슬에 구슬처럼
반짝이는(=pearled with dew)
ⓟ p. 171

피파의 노래

로버트 브라우닝

일 년으로는 봄이요
하루로는 아침이요
아침으로는 일곱 시요
언덕바지는 이슬로 구슬 밭 이루고
종달새는 날개를 펴 날고
달팽이는 나무 가시 위를 기어가고
하나님은 그 분의 하늘나라에 계시니—
세상만사 형통하도다!

04

My Heart Leaps Up

William Wordsworth

My heart leaps up when I behold
  A rainbow in the sky:
So was it when my life began,
So is it now I am a man,
So be it when I shall grow old
   Or let me die!
The Child is father of the Man:
And I could wish my days to be
Bound each to each by natural piety.

1 behold 보다 9 piety 경건, 경애

p. 172

나는 가슴이 뭉클 뛰노라

윌리엄 워즈워스

나는 가슴이 뭉클 뛰노라
　하늘에 무지개를 내가 볼 때면.
내 인생이 시작된 지난날에 그러했고,
내가 어른이 된 지금도 그러하고,
내가 늙은이가 되는 앞날에도 그러하리라
　그게 아니라면 나는 죽어야지!
어린이는 어른의 아버지이니
나의 하루하루가 자연에의 경애심으로
서로서로 묶여지기를 나는 바라노라.

My heart leaps up when I behold
A rainbow in the sky.
나는 가슴이 뭉클 뛰노라
하늘에 무지개를 내가 볼 때면.

05

Rainbow for Joyce

Ida DeLage

Once in a while,
In a bright spring sky,
A sprinkly, sparkly, rain goes by.
And the sunbeams shine
Through the raindrops clear,
To make a magical bridge appear.
From meadow to hill
In a great wide sweep,
The magical colors begin to peep.
Yellow and green,
Violet and blue,
Orange and red come shining through.

Oh lovely rainbow,
Why can't you stay?
Like all things lovely,
You fade away.
I think I know what I will do,
For I know a magical trick or two.
I'll pluck your jewels,
So bright and gay,
And tuck them down in my heart today.
And there they will forever stay,
To shimmer and glow
When skies are grey.

7 meadow 풀밭, 목초지 8 sweep 흐르는 듯한 곡선 9 peep 어느덧 나타나다, 어느새 드러나다 19 pluck 잡아 뽑다 21 tuck 챙겨 넣다 23 shimmer 희미하게 반짝거리다

p. 173

조이스의 무지개

아이다 들라주

어쩌다 한 번씩
밝은 봄 하늘에서
비가 뿌리며 번득이며 지나간다.
그리고 맑은 빗방울을 통해
햇살이 비치면서
초원에서 언덕까지
광대한 곡선으로 뻗는
신기한 다리가 떠오르고
신묘한 색깔들이 나타나기 시작한다.
노란색과 초록색
보랏빛과 푸른색
오렌지색과 붉은색이 함께 섞여 비친다.

오, 아름다운 무지개여
왜 너는 머물러 있질 못하느냐?
모든 아름다운 것들이 그러듯이
너도 사라져 가는구나.
이제 나는 어떻게 할지 알겠네,
나도 한두 가지 요술을 부릴 줄 아니까.
나는 이제 너의 빛나고 화려한
보석들을 잡아채어
오늘 당장 내 가슴속에 챙겨 넣을 테야.
그러면 보석들은 내 가슴속에 영원히 남아
하늘이 흐린 날에도
가물대며 빨갛게 빛날 테지.

06

Some One

Walter De la Mare

Some one came knocking
  At my wee, small door;
Some one came knocking,
  I'm sure — sure — sure;
I listened, I opened,
  I looked to left and right,
But nought there was a-stirring
  In the still dark night;
Only the busy beetle
  Tap-tapping in the wall,
Only from the forest
  The screech-owl's call,
Only the cricket whistling
  While the dewdrops fall,
So I know not who came knocking,
  At all, at all, at all.

2 wee 〈유아어〉 쪼끄만 7 nought(=naught)
영, 무 a-stirring 꿈틀거리는(=moving slightly)
10 tap-tap 가볍게 똑똑 치다 12 screech-owl
부엉이와 비슷한 올빼미 13 cricket 귀뚜라미
☝ p. 175

누군가

월터 데라메어

누군가 와서
　나의 쪼끄만 문을 두드렸어요.
누군가 와서 두드렸어요,
　그럼요, 그럼요, 그럼요.
그 소리 듣자 나는 문을 열고
　고개를 둘러보았지요.
한데 고요하고 어두운 밤중에
　달싹이는 거라곤 아무것도 없었어요.

있다면 딱정벌레가 바삐
　벽을 똑똑 때릴 뿐,
숲에서 올빼미가 새된
　소리로 지저귈 뿐,
이슬방울이 떨어지는 동안
　귀뚜라미가 귀뚤귀뚤 울어댈 뿐,
그러니 누가 와서 문을 두드린 건지
　나는 정말, 정말, 정말 모르겠어요.

07

I Wonder

Jeannie Kirby

I wonder why the grass is green,
And why the wind is never seen?

Who taught the birds to build a nest,
And told the trees to take a rest?

O, when the moon is not quite round,
Where can the missing bit be found?

Who lights the stars, when they blow out,
And makes the lightning flash about?

Who paints the rainbow in the sky,
And hangs the fluffy clouds so high?

Why is it now, do you suppose,
That Dad won't tell me, if he knows?

6 missing bit 보이지 않는 조각 7 blow out (불이) 꺼지다 8 flash about (불빛이) 여기저기서 번득이다 10 fluffy 솜털 같은
p. 176

나는 알고 싶어요

지니 커비

나는 알고 싶어요, 풀은 왜 초록빛이며
바람은 왜 눈에 보이지 않는지요?

새들에 둥우리 짓는 법과
나무들에 휴식 취하는 법을 누가 가르쳐 주었는지요?

아, 달이 아주 둥글지 않을 때엔
모자라는 부분은 어디에 있는 건지요?

바람에 별불이 꺼지면 누가 불을 켜며
번개가 사방에 치게 만드는 건 누군지요?

누가 하늘에 무지개를 그려 놓으며
솜털 같은 구름을 저리도 높이 걸어 놓는지요?

그런데 지금 우리 아빠가 다 아신다면
왜 나한텐 말해 주시지 않을까요?

08

Who Has Seen the Wind?

Christina Rossetti

Who has seen the wind?
　Neither I nor you:
But when the leaves hang trembling,
　The wind is passing through.

Who has seen the wind?
　Neither you nor I:
But when the trees bow down their heads,
　The wind is passing by.

7 bow down 머리를 숙이다
 p. 176

누가 바람을 보았을까요?

크리스티나 로세티

누가 바람을 보았을까요?
　나도 당신도 아니에요.
하지만 나뭇잎들이 매달려 떨고 있을 때면
　바람이 잎 사이로 지나가는 거래요.

누가 바람을 보았을까요?
　당신도 나도 아니에요.
하지만 나무들이 머리를 수그릴 때면
　바람이 나무 옆을 지나가는 거래요.

09

Rain

Robin Christopher

Raining on earth
Means weeping in heaven,
My father once told me.

Maybe
A baby-star
Wandered too far...

Maybe the moon
Stuck its head out too soon,
And someone in space
Scratched up its face.

Maybe the sun
Was not feeling well.
You never can tell.
The sun is so old
It may have caught cold.

Weeping in heaven
Means raining on earth,
My father once told me.

비

로빈 크리스토퍼

땅 위에 비가 내리면 그건
   하늘에서 눈물을 흘린다는 뜻이라고
     우리 아빠가 언젠가 나에게 말해 주셨어요.

아마도
   아기별 하나가
     너무 멀리 나와 헤매다가 그만…

아마도 달님이
   머리를 너무 일찍 내밀어서
     우주 공간의 어떤 누가
       달님의 얼굴을 할퀴었는지도 몰라요.

아마도 해님이
   몸이 편찮았을지도 몰라요.
     알 게 뭐예요.
       해님은 나이가 아주 많으니까
         감기 걸렸을 수도 있거든요.

하늘에서 눈물을 흘리면 그건
   땅 위에 비가 내린다는 뜻이라고
     우리 아빠가 언젠가 나에게 말해 주셨어요.

10

Night Comes...

Beatrice Schenk de Regniers

Night comes
leaking
out of the sky.

Stars come
peeking.

Moon comes
sneaking,
silvery-sly.

Who is
shaking,
shivery—
quaking?

Who is afraid
of the night?

Not I.

2 leak 새어 나오다 5 peek 살짝 들여다보다 7 sneak 살금살금 움직이다 8 silvery 은빛의 sly 교활한, 은밀한 11 shivery 오슬오슬 추운 12 quake 떨다(=shake)
♪ p. 178

밤이 오는데…

비어트리스 솅크 드 레그니어스

밤이 온다,
하늘로부터
새어 나온다.

별들이
엿보며 나온다.

달이
살그머니 나온다,
은밀한 은빛을 띠고.

누가
떨고 있지?
와들와들
떨고 있지?

누가
밤이 무섭다고 하지?

나는 아니야.

Who is afraid
of the night?
Not I.

누가
밤이 무섭다고 하지?
나는 아니야.

11

The Night Will Never Stay

Eleanor Farjeon

The night will never stay,
The night will still go by,
Though with a million stars
You pin it to the sky;
Though you bind it with the blowing wind
And buckle it with the moon,
The night will slip away
Like sorrow or a tune.

4 pin 핀으로 꽂다, 못 박다
5 bind 묶다 6 buckle 죄다,
채우다 8 tune 곡조
p. 180

The Night Will Never Stay

밤은 결코 머물지 않네

엘리너 파전

밤은 결코 머물지 않네
밤은 여전히 떠나가네
수많은 별들로
그걸 하늘에 못 박아 봐도
부는 바람으로 그걸 묶어 놔 봐도
또 달빛으로 그걸 죄어 봐도
밤은 어느새 빠져 나가네
슬픔이나 선율처럼.

12

My Shadow

Robert Louis Stevenson

I have a little shadow that goes in and out with me,
And what can be the use of him is more than I can see.
He is very, very like me from the heels up to the head;
And I see him jump before me, when I jump into my bed.

The funniest thing about him is the way he likes to grow —
Not at all like proper children, which is always very slow;
For he sometimes shoots up taller like an India-rubber ball,
And he sometimes gets so little that there's none of him
   at all.

He hasn't got a notion of how children ought to play,
And can only make a fool of me in every sort of way.
He stays so close beside me, he's a coward you can see;
I'd think shame to stick to nursie as that shadow sticks to
   me!

One morning, very early, before the sun was up,
I rose and found the shining dew on every buttercup;
But my lazy little shadow, like an arrant sleepyhead,
Had stayed at home behind me and was fast asleep in bed.

9 notion 관념, 생각　11 coward
겁쟁이　14 buttercup 미나리아재비
15 arrant 딱지 붙은
p. 180

나의 그림자

로버트 루이스 스티븐슨

나에게는 나를 따라 들락날락하는 작은 그림자 하나가 있습니다.
그런데 그가 얼마나 쓸모 있는지는 나도 잘 모릅니다.
그는 발꿈치부터 머리끝까지 나를 아주, 아주 닮았습니다.
그래서 내가 침대에 뛰어들 때면 그가 나보다 먼저 뛰어듭니다.

그가 제일 우스운 점은 자라는 것을 제멋대로 한다는 겁니다.
아이들은 본래 아주 천천히 자라는데 그것과는 딴판이랍니다.
때로는 그는 고무공처럼 껑충 치솟아 커지다가도
때로는 너무 작아져서 그의 몸뚱이가 아예 없어집니다.

그는 아이들은 어떻게 놀아야 하는가 하는 생각조차 없는지라
여러 가지 면에서 나를 오히려 바보로 만듭니다.
그는 내 곁에 너무 바싹 붙어 있어서 겁쟁이로만 보입니다.
그림자가 내게 달라붙는 것처럼 유모한테 그런다면 난 창피할 겁니다.

어느 날 아침 아주 일찍 해도 뜨기 전에
나는 일어나서 미나리아재비 풀잎 하나하나에 눈부신 이슬이 내린
    걸 봤습니다.
그런데 나의 게으른 그림자는 딱지 붙은 잠꾸러기처럼
내가 나와도 집안에 남아서 정신없이 잠만 자고 있었답니다.

Selected English Poems for the Young at Heart

II.

Dreams of My Own
나만의 꿈

13

Me

Walter De la Mare

As long as I live
I shall always be
My Self—and no other,
Just me.

Like a tree—
A willow or an elder,
An aspen, a thorn,
Or a cypress forlorn.

Like a flower,
For its hour—
A primrose, a pink,
Or a violet—
Sunned by the sun,
And with dewdrops wet.

Always just me.
Till the day comes on
When I leave this body,
It's all then done,
And the spirit within it
Is gone.

8 forlorn 고독한 13 sunned by the sun 햇볕에 쪼이다 19 spirit 영혼
🔥 p. 182

나

월터 데라메어

내가 살아 있는 한
나는 언제나
나 자신일 거야, 다른 사람이 아니고
오로지 나일 거야.

한 그루 나무처럼 말이야—
버드나무, 양딱총나무,
사시나무, 가시나무,
또는 쓸쓸한 삼나무처럼.

자기의 때를 찾는
한 송이 꽃처럼 말이야—
햇빛 나면 볕에 쪼이고
이슬 내리면 젖어 드는
앵초꽃, 패랭이꽃,
또는 오랑캐꽃처럼.

언제나 오로지 나일 거야.
내가 이 몸을 떠나는
그날이 올 때까지.
그때면 이 몸은 다되고
몸 안의 영도
가 버리는 것이니.

Always just me.
Till the day comes on
When I leave this body.

언제나 오로지 나일 거야.
내가 이 몸을 떠나는
그날이 올 때까지.

14

Dreams

Langston Hughes

Hold fast to dreams
For if dreams die
Life is a broken-winged bird
That cannot fly.

Hold fast to dreams
For when dreams go
Life is a barren field
Frozen with snow.

1 hold fast to ~을 굳게 지키다
7 barren 불모의
p. 185

꿈

랭스턴 휴스

꿈을 굳게 지키세요
꿈이 죽어 버리면
인생은 날개 부러져
날지 못하는 새나 다름없는 것이니.

꿈을 굳게 지키세요
꿈이 가 버리면
인생은 눈이 얼어붙은
불모의 들판이나 다름없는 것이니.

If dreams die
Life is a broken-winged bird
That cannot fly.
꿈이 죽어 버리면
인생은 날개 부러져
날지 못하는 새나 다름없는 것이니.

15

Hold Fast Your Dreams

Louise Driscoll

Hold fast your dreams!
Within your heart
Keep one still, secret spot
Where dreams may go,
And sheltered so, 5
May thrive and grow—
Where doubt and fear are not.
Oh, keep a place apart
Within your heart,
For little dreams to go. 10

1 hold fast (~을) 굳게 지키다, 단단히 붙잡다 5 shelter 숨기다, 감추다
6 thrive 번창하다, 잘 자라다

p. 184

당신의 꿈을 굳게 지키셔요

루이즈 드리스콜

당신의 꿈을 굳게 지키셔요!
당신의 마음 한 구석에
고요하고 은밀한 자리를 간직해 두셔요.
거기에 꿈이 찾아 들어가서
숨겨지게 되면
무성히 자랄 거예요,
의심도 두려움도 없는 그곳이니까.
오, 당신의 마음 한 구석에
동떨어진 자리 하나 간직해 두셔요.
작은 꿈들이 찾아 들어가게요.

16

Keep a Poem in Your Pocket

Beatrice Schenk de Regniers

Keep a poem in your pocket
and a picture in your head
and you'll never feel lonely
at night when you're in bed.

The little poem will sing to you
the little picture bring to you
a dozen dreams to dance to you
at night when you're in bed.

So—
Keep a picture in your pocket
and a poem in your head
and you'll never feel lonely
at night when you're in bed.

3 feel lonely 쓸쓸하다, 외롭다
p. 185

호주머니에 시를 넣고 다니셔요

비어트리스 솅크 드 레그니어스

호주머니에 시를 넣고 다니고
머릿속에 그림을 넣고 다니셔요
그러면 밤에 잠자리에 들어서도
쓸쓸한 느낌이 안 들 거예요.

밤에 잠자리에 들면
작은 시가 당신에게 노래 불러주고
작은 그림이 당신의 장단에 맞춰 춤추는
한 다스의 꿈을 갖다 안길 거예요.

그러니—
호주머니에 시를 넣고 다니고
머릿속에 그림을 넣고 다니셔요
그러면 밤에 잠자리에 들어서도
쓸쓸한 느낌이 안 들 거예요.

17

Paper Boats

Rabīndranāth Tagore

Day by day I float my paper boats one by one
    down the running stream.

In big black letters I write my name on them
    and the name of the village where I live.

I hope that some one in some strange land will
    find them and know who I am.
I load my little boats with *shiuli* flowers from
    our garden, and hope that these blooms of
    dawn will be carried safely to land in the night.

I launch my paper boats and look up into the
    sky and see the little clouds setting their
    white bulging sails.

I know not what playmate of mine in the sky
    sends them down the air to race with my boats.

When night comes I bury my face in my arms
    and dream that my paper boats float on
    and on under the midnight stars.

The fairies of sleep are sailing in them, and the
    lading is their baskets full of dreams.

12 bulge 부풀다　13 I know not what 뭔지 내가 알 길이 없다　15 bury 묻다　19 lading 선적, 화물
✿ p. 186

종이배

라빈드라나트 타고르

날마다 나는 내 종이배들을 하나씩
　　흐르는 시냇물에 띄웁니다.

큰 까만 글자로 나는 배들에 내 이름과
　　내가 사는 마을의 이름을 적습니다.

어떤 낯선 나라의 어느 누가 나의 배를
　　보고 내가 누구인지를 알게 되기를 바랍니다.
나는 나의 작은 배들에 우리 마당의 슐리 꽃들을
　　싣습니다. 그리고 이 새벽의 꽃들이 밤이 된
　　나라로 무사히 실려 가기를 바랍니다.

나는 내 종이배들을 띄우면서 하늘을 올려다
　　보는데 거기엔 작은 구름들이 하얀 부푼 돛을
　　올리고 있는 게 보입니다.

누군지 내가 알 길이 없는 나의 놀이 친구가 하늘에서
　　돛배들을 공중에 띄워 내 배들과 겨루고 있습니다.

밤이 오면 나는 내 얼굴을 두 팔에 묻고
　　내 종이배들이 한밤의 별빛 아래서
　　둥둥 떠내려가는 꿈을 꿉니다.

그 배들은 잠의 요정들이 몰고 가고 있으며
　　배에는 꿈을 듬뿍 담은 그들의 바구니가 실려 있지요.

18

Travel

Edna St. Vincent Millay

The railroad track is miles away,
And the day is loud with voices speaking,
Yet there isn't a train goes by all day
But I hear its whistle shrieking.

All night there isn't a train goes by,
Though the night is still for sleep and dreaming,
But I see its cinders red on the sky,
And hear its engine steaming.

My heart is warm with the friends I make,
And better friends I'll not be knowing,
Yet there isn't a train I wouldn't take,
No matter where it's going.

4 whistle 기적 7 cinder (타고
남은) 재 8 steam 증기를 뿜다

여행

에드나 세인트 빈센트 밀레이

철길은 멀리 떨어져 있고
　낮에는 사람들 말소리로 시끄럽네.
하지만 온종일 지나가는 기차 하나 없어도
　나는 삑삑 기적 소리를 듣는다네.

밤새 지나가는 기차 하나 없네.
　물론 밤은 잠을 자고 꿈을 꾸기 위해 있는 것이지.
하지만 나는 하늘로 오르는 빨간 재를 보며
　기관차의 증기 뿜는 소리를 듣는다네.

나는 내가 사귀는 친구들과
　내가 알지도 못할 더 좋은 친구들 생각에 가슴이 뜨거워지네.
하지만 어떤 기차든 오기만 하면 나는 타리라.
　어디로 가는 기차든 상관없다네.

19

Leisure

William H. Davies

What is this life if, full of care,
We have no time to stand and stare?

No time to stand beneath the boughs
And stare as long as sheep or cows.

No time to see, when woods we pass,
Where squirrels hide their nuts in grass.

No time to see, in broad daylight,
Streams full of stars, like skies at night.

No time to turn at Beauty's glance,
And watch her feet, how they can dance.

No time to wait till her mouth can
Enrich that smile her eyes began.

A poor life this if, full of care,
We have no time to stand and stare.

1 care 걱정, 근심 2 stand and stare
(우두커니) 서서 (뭔가를) 바라보다
3 bough 큰 가지 7 broad daylight
환한 대낮 9 glance 흘긋 봄, 눈짓
p. 188

여가

월리엄 H. 데이비스

근심이 가득한 인생에서
만일 우두커니 서서 뭔가를 바라볼 여가가 없다면
그게 무슨 인생일까?

큰 나뭇가지 밑에 서서
양들과 소들을 한참 바라볼 여가가 없다면

우리가 숲속을 지날 때 풀 속에
다람쥐들이 도토리를 숨기는 걸 바라볼 여가가 없다면

환한 대낮에 마치 밤하늘처럼
별들이 총총히 박힌 시냇물을 바라볼 여가가 없다면

미인의 눈짓에 눈을 돌려
그녀의 발이 어떤 춤을 추는지 지켜볼 여가가 없다면

그녀의 눈에서 시작된 미소가
그녀의 입에서 넉넉히 나타날 때까지 기다릴 여가가 없다면

근심이 가득한 인생에서
만일 우두커니 서서 뭔가를 바라볼 여가가 없다면
그건 가엾은 인생이지.

20

November

Alice Cary

The leaves are fading and falling,
   The winds are rough and wild,
The birds have ceased their calling,
   But let me tell you, my child,

Though day by day, as it closes,
   Doth darker and colder grow,
The roots of the bright red roses
   Will keep alive in the snow.

And when the Winter is over,
   The boughs will get new leaves,
The quail come back to the clover,
   And the swallow back to the eaves.

The robin will wear on his bosom
   A vest that is bright and new,
And the loveliest way-side blossom
   Will shine with the sun and dew.

The leaves today are whirling,
   The brooks are dry and dumb,
But let me tell you, my darling,
   The Spring will be sure to come.

There must be rough, cold weather,
And winds and rains so wild;
Not all good things together
Come to us here, my child.

So, when some dear joy loses
Its beauteous summer glow,
Think how the roots of the roses
Are kept alive in the snow.

1 fade 시들다 6 doth(=does) 7 bright (색채가) 선명한 11 quail 메추라기 12 swallow 제비 eave 처마 13 robin 울새 15 way-side 길가의 17 whirl 맴돌며 날다 18 brook 시내 dumb 벙어리인, 소리를 내지 않는 26 beauteous 〈시어〉 황홀하게 아름다운

☙ p. 189

11월

앨리스 캐리

나뭇잎들은 시들어 떨어지고
바람은 거세게 불어대고
새들은 지저귐을 멈추었지만,
아가야, 내 말 좀 들어보렴.

하루하루 날이 갈수록
더 어두워지고 더 추워지지만
붉은 장미의 뿌리는
눈 속에서도 여전히 살아 있을 거라네.

그리고 겨울이 지나가면
나뭇가지들에 새 잎이 돋아나고
메추라기가 토끼풀을 찾아 돌아오고
세비도 처마 밑으로 다시 올 거라네.

울새는 밝은 색 새 조끼를
가슴팍에 대어 입고
길가에는 예쁘고 예쁜 꽃이
햇빛과 이슬을 받아 빛날 거라네.

오늘은 나뭇잎들이 맴돌며 날고
시냇물은 말라붙어 아무 소리도 없지만
아가야, 내 말 좀 들어보렴.
봄은 틀림없이 올 거라네.

틀림없이 날씨는 거칠고 춥고
비바람은 무척 거세지만
우리 사는 이곳에 좋은 일들이 한꺼번에
오는 건 아니라네, 내 아가야.

그러니, 어떤 소중한 기쁨에서
그 나름의 아름다운 여름날 홍조가 가실 때면
장미의 뿌리가 어떻게 눈 속에서
생명을 지키는지 생각해 보려무나.

There Isn't Time

Eleanor Farjeon

There isn't time, there isn't time
To do the things I want to do,
With all the mountain-tops to climb,
And all the woods to wander through,
And all the seas to sail upon,
And everywhere there is to go,
And all the people, every one
Who lives upon the earth, to know.
There's only time, there's only time
To know a few, and do a few,
And then sit down and make a rhyme
About the rest I want to do.

4 wander through 방랑하다
11 rhyme 운, 운율, 시 make a
rhyme 시를 짓다
☞ p. 191

시간이 없습니다

엘리너 파전

시간이 없습니다
내가 하고픈 일들을 다 할 시간이 없습니다.
산꼭대기란 산꼭대기는 다 올라야 하고
숲이란 숲은 다 찾아 헤매야 하고
바다란 바다는 다 항해해야 하고
가 봐야 할 곳은 어디든지 다 가 봐야 하고
알아 둬야 할 사람은 이 지구상의 어느 누구든지
다 알아 둬야 하는데.
있다면 이런 시간 밖에 없습니다
몇 사람만 알아 두고 몇 가지 일만 하고
그리고는 눌러앉아서 내가 하고픈
나머지 일에 대해 시를 지을
그런 시간 밖에 없습니다.

A Little Song of Life

Lizette Woodworth Reese

Glad that I live am I;
   That the sky is blue;
Glad for the country lanes,
   And the fall of dew.

After the sun the rain,
   After the rain the sun;
This is the way of life,
   Till the work be done.

All that we need to do,
   Be we low or high,
Is to see that we grow
   Nearer the sky.

3 lane 좁은 길

p. 191

자그마한 인생 찬미

리젯 우드워스 리즈

살아 있는 내가 나여서 기쁘고
　　하늘이 새파라니 즐거워라.
시골의 오솔길들이 반갑고
　　이슬이 내리니 좋아라.

해가 난 다음에 비가 내리고
　　비가 내린 후에 해가 나니,
할 일이 끝날 때까지
　　사람 사는 것이 이런 식이니라.

우리가 해야 할 건 고작
　　우리 지체가 낮든 높든
하늘로 더욱 가까이
　　자라도록 마음 쓰는 일이니라.

23

Beauty

Louise Abeita

Beauty is seen
In the sunlight,
The trees, the birds,
Corn growing and people working
Or dancing for their harvest.   5

Beauty is heard
In the night,
Wind sighing, rain falling,
Or a singer chanting
Anything in earnest.   10

Beauty is in yourself.
Good deeds, happy thoughts
That repeat themselves
In your dreams,
In your work,   15
And even in your rest.

9 chant (노래·성가를) 부르다
12 deed 행위
☀ p. 192

아름다움

루이즈 아베이타

아름다움은 우리 눈에 보입니다
햇빛 안에
나무들과 새들 안에
자라는 옥수수와 일하는 사람들 안에
또는 추수에 기뻐 춤추는 사람들 안에.

아름다움은 우리 귀에 들립니다
밤 안에
살랑거리는 바람과 내리는 비 안에
또는 뭐든 열창하는
가수의 노래 안에.

아름다움은 당신 안에 있습니다
당신이 품는 꿈 안에
당신이 하는 일 안에
그리고 당신이 취하는 휴식 안에마저
되풀이되는
좋은 행실과 복된 생각들 말입니다.

24

Pebbles

Valerie Worth

Pebbles belong to no one
Until you pick them up —
Then they are yours.

But which, of all the world's
Mountains of little broken stones,
Will you choose to keep?

The smooth black, the white,
The rough gray with sparks
Shining in its cracks?

Somewhere the best pebble must
Lie hidden, meant for you
If you can find it.

5 mountains of 산더미 같이 많이 쌓인 9 crack 갈라진 금

p. 193

조약돌

발레리 워스

조약돌은 당신이 집기 전엔
그 누구의 것도 아닙니다.
집으면 그때는 당신의 것입니다.

그런데 온 세상에 산적해 있는
작게 쪼개진 돌들 중에서 어느 걸
당신은 집어서 가질 건가요?

매끈한 까만 돌, 하얀 돌
거칠고 잿빛이지만
갈라진 틈에서 광채가 나는 돌?

어딘가에 당신의 것으로 예정된
으뜸가는 조약돌이 반드시 숨겨져 있을 거예요
그걸 당신이 찾을 수만 있다면.

Selected English Poems for the Young at Heart

The Beauties of Nature

자연의 가경

25

I Wandered Lonely as a Cloud

William Wordsworth

I wandered lonely as a cloud
　That floats on high o'er vales and hills,
When all at once I saw a crowd, —
　A host of golden daffodils
Beside the lake, beneath the trees,
Fluttering and dancing in the breeze.

Continuous as the stars that shine
　And twinkle on the Milky Way,
They stretched in never-ending line
　Along the margin of a bay:
Ten thousand saw I, at a glance,
Tossing their heads in sprightly dance.

The waves beside them danced, but they
　Outdid the sparkling waves in glee;
A poet could not be but gay
　In such a jocund company;
I gazed—and gazed—but little thought
What wealth the show to me had brought.

For oft, when on my couch I lie,
　In vacant or in pensive mood,
They flash upon that inward eye

Which is the bliss of solitude;
And then my heart with pleasure fills,
And dances with the daffodils.

2 vale 골짜기 **3** all at once 갑자기 **4** host 다수 **6** flutter 퍼덕거리다 **8** Milky Way 은하수 **12** toss (고개를) 젖히다 **14** outdo ~보다 낫다 **18** jocund 명랑한 **19** gaze (황홀히) 지켜보다 **21** oft(=often) **23** flash 문득 떠오르다 **24** bliss 희열 solitude 고독 **25** fill 가득 차다

p. 195

구름처럼 외로이 헤매던 그때

윌리엄 워즈워스

골짜기와 언덕 위를 드높이 떠도는
구름처럼 외로이 헤매던 그때 나는
난데없이
호수 옆 나무들 밑에
한 떼를 지은 황금빛 수선화가
산들바람에 나부끼며 춤추는 것을 보았다.

은하에서 반짝이는
별들처럼 끊이지 않으며
수선화는 물가를 따라
한없이 줄 지어 뻗어 있었다.
수없이 많은 꽃들이 머리를 젖히며
둥실 춤을 추는 걸 나는 한눈에 보았다.

꽃들 옆의 물결도 춤을 추었지만
기뻐하는 모습에선 꽃들이 번쩍이는 물결보다 더 나았다.
이처럼 흔쾌한 한 동아리 안에서
시인은 기뻐 날뛸 수밖에 없었다.
나는 지켜보고 또 지켜보면서도
그 구경거리가 나에게 어떤 풍요를 가져다주었는지 생각도 못하였다.

이따금 내가 안락의자에 드러누워
멍하니 있거나 깊은 생각에 잠겨 있을 때
그 꽃들이 내 마음의 눈에 퍼뜩 떠오르니

그거야말로 고독의 희열인 것이다.
그럴 때면 기쁨으로 가득 찬 내 가슴은
그 수선화 꽃들과 함께 둥실 춤을 춘다.

26

Stopping by Woods on a Snowy Evening

Robert Frost

Whose woods these are I think I know.

His house is in the village though;

He will not see me stopping here

To watch his woods fill up with snow.

The little horse must think it queer 5

To stop without a farmhouse near

Between the woods and frozen lake

The darkest evening of the year.

He gives his harness bells a shake

To ask if there is some mistake. 10

The only other sound's the sweep

Of easy wind and downy flake.

The woods are lovely and dark and deep.

But I have promises to keep,

And miles to go before I sleep. 15

And miles to go before I sleep.

5 queer 이상한 9 harness 마구 11 sweep 휙 지나감, 휩쏢 12 downy flake 솜털 같은 눈송이

p. 196

눈 오는 저녁 숲가에 멈춰 서서

로버트 프로스트

이 숲이 누구네 건지 나는 알 것도 같네,
주인의 집이 저기 마을에 있어도.
주인은 내가 그의 숲에 눈이 차오르는 걸 보느라
여기 멈춰 있을 줄 알지도 못하겠지.

내 어린 말은 좀 이상하다 여길 테지
일 년 중 가장 깜깜한 이 저녁에 하필
근처에 농가도 하나 없는
숲과 얼음 호수의 중간에 와서 정거했으니.

말은 무슨 잘못된 거라도 있느냐고 묻는 듯
마구에 달린 방울을 흔들어댄다.
방울 소리 말고 들리는 소리라곤
가벼운 바람과 솜털 눈송이가 휩쓰는 소리뿐.

숲은 멋지고 컴컴하고 그윽하네.
하지만 나는 가서 지킬 약속들이 있네,
그리고 나는 자기 전에 갈 길이 멀다네.
나는 자기 전에 갈 길이 멀다네.

The woods are lovely and dark and deep.
But I have promises to keep,
And miles to go before I sleep

숲은 멋지고 컴컴하고 그윽하네.
하지만 나는 가서 지킬 약속들이 있네,
그리고 나는 자기 전에 갈 길이 멀다네.

27

It Fell in the City

Eve Merriam

It fell in the city,
It fell through the night,
And the black rooftops
All turned white.

Red fire hydrants
All turned white.
Blue police cars
All turned white.

Green garbage cans
All turned white.
Gray sidewalks
All turned white.

Yellow NO PARKING signs
All turned white
When it fell in the city
All through the night.

3 rooftop 지붕, 옥상 5 hydrant 소화전
9 garbage can 쓰레기통 11 sidewalk
(포장된) 보도
 p. 197

그것이 도시 안에 내리고 나니

이브 메리엄

그것이 도시 안에 내리고 나니
밤새도록 내리고 나니
까만 지붕들이
모두 하얗게 변했네.

빨간색 소화전들이
모두 하얗게 변했네.
푸른색 경찰차들이
모두 하얗게 변했네.

녹색 쓰레기통들이
모두 하얗게 변했네.
회색 보도들이
모두 하얗게 변했네.

노란색 주차금지 표지판들이
모두 하얗게 변했네
밤새도록 내내
그것이 도시 안에 내리고 나니.

28

February Twilight

Sara Teasdale

I stood beside a hill
   Smooth with new-laid snow,
A single star looked out
   From the cold evening glow.

There was no other creature
   That saw what I could see—
I stood and watched the evening star
   As long as it watched me.

2 new-laid snow 막 내려 쌓인 눈
5 creature 피조물, 생물
p. 198

2월의 황혼

세라 티즈데일

갓 내린 눈에 덮여 반드러워진
　한 언덕 가에 서 있자니
고적한 별 하나가
　차가운 저녁노을에서 내다보았다.

내가 볼 수 있었던 그 광경은
　나 말고 하늘 아래 어떤 피조물도 보지 못하였으니—
저녁별이 나를 바라보고 있는 동안 내내
　나는 서서 마냥 그걸 지켜보고 있었다.

29

I Heard It in the Valley

Annette Wynne

I heard it in the valley,
I heard it in the glen;
Listen, children, surely, surely
Spring is coming back again!

I heard it in the valley,
I heard it on the hill,
I heard it where the bare trees stand,
Very brave and still.

I heard it in the valley —
I heard the waters start,
I heard it surely, surely,
I heard it in my heart!

2 glen (험하고 좁은) 골짜기
7 bare 벌거벗은
p. 199

나는 그걸 골짝에서 들었네

아네트 윈

나는 그걸 골짝에서 들었네,
나는 그걸 협곡에서 들었네.
들어보렴, 아이들아, 분명히, 분명히
봄이 다시 오고 있네!

나는 그걸 골짝에서 들었네,
나는 그걸 언덕에서 들었네.
나는 그걸 용감히 소리 없이 서 있는
앙상한 나무들에서 들었네.

나는 그걸 골짝에서 들었네—
나는 물이 흐르기 시작하는 걸 들었네,
나는 그걸 분명히, 분명히 들었네.
나는 그걸 내 가슴속에서 들었네!

30

Written in March

William Wordsworth

The cock is crowing,
The stream is flowing,
The small birds twitter,
The lake doth glitter,
The green field sleeps in the sun;
The oldest and youngest
Are at work with the strongest;
The cattle are grazing,
Their heads never raising;
There are forty feeding like one!

Like an army defeated
The snow hath retreated,
And now doth fare ill
On the top of the bare hill;
The ploughboy is whooping—anon—anon
There's joy in the mountains;
There's life in the fountains;
Small clouds are sailing,
Blue sky prevailing;
The rain is over and gone!

1 crow (수탉이) 울다 3 twitter (새가) 지저귀다 4 doth(=does) 〈시어〉 8 graze 풀을 뜯어먹다 12 hath(=has) 13 fare ill 고되게 지내다 15 ploughboy 쟁기 멘 소를 끄는 소년, 농부 whoop 야아 하고 외치다 anon 〈고어〉 머지않아, 이따금 19 prevail 이기다, 우세하다
🔖 p. 200

3월에 씀

윌리엄 워즈워스

수탉이 꼬끼오 운다.

시냇물이 흐른다.

작은 새들이 지저귄다.

호수가 반짝인다.

푸른 들이 햇빛 아래 잠잔다.

가장 나이 든 이와 가장 어린아이가

가장 힘센 이와 함께 일한다.

소가 풀을 뜯는다,

머리를 들지 않고서.

마흔 마리의 소들이 하나 되어 풀을 뜯어먹는다!

패배한 군대처럼

눈은 물러가고

이제 헐벗은 산꼭대기에서

힘들게 지낸다.

소 끄는 농부가 이따금씩 야아 소리를 지른다.

산 중에 기쁨이 있다.

샘터는 생기에 차 있다.

작은 구름들이 흘러가고

푸른 하늘이 널리 퍼진다.

비는 그쳐 가 버렸다!

31

The First Swallow

Charlotte Smith

The gorse is yellow on the heath,
  The banks with speedwell flowers are gay,
The oaks are budding, and, beneath,
The hawthorn soon will bear the wreath,
  The silver wreath, of May.

The welcome guest of settled Spring,
  The swallow, too, has come at last;
Just at sunset, when thrushes sing,
I saw her dash with rapid wing,
  And hailed her as she passed.

Come, summer visitant, attach
  To my reed roof your nest of clay,
And let my ear your music catch,
Low twittering underneath the thatch
  At the gray dawn of day.

1 gorse 가시금작화 heath 히스(관목)가 무성한 황야 2 bank 둑, 강기슭 speedwell 꼬리풀의 일종 4 hawthorn 산사나무 wreath 화관, 화환 8 thrush 개똥지빠귀 9 dash 돌진하다 10 hail 큰 소리로 부르다, 환호하여 맞이하다 11 visitant 손님 14 thatch 짚, 초가지붕
☞ p. 200

첫 제비

샬럿 스미스

황야엔 가시금작화가 노랗게 피고
　강기슭엔 꼬리풀꽃들이 화려하게 피고
참나무들은 싹이 트고, 그 밑에 있는
산사나무도 이제 곧 5월의 은색 화관을
　　머리에 쓰겠지.

틀이 잡힌 봄철의 반가운 손님인
　제비 또한 마침내 찾아왔네.
해질 무렵, 개똥지빠귀들이 울어댈 때
제비가 빠르게 날갯짓하며 기세 좋게 나는 것을 보고,
　나는 제비가 지나갈 때 큰 소리로 불렀지.

여름 손님아, 어서 와서
　우리 갈대 지붕 밑에 흙으로 너의 둥우리를 지으렴.
그래서 어슴새벽에
초가지붕 밑에서 나직이 지저귀는
　너의 즐거운 목소리를 내 귀가 담아 듣게 말이야.

32

Snail

Langston Hughes

Little snail,
Dreaming you go.
Weather and rose
Is all you know.

Weather and rose
Is all you see,
Drinking
The dewdrop's
Mystery.

Snail

8 dewdrop 이슬방울
p. 201

달팽이

랭스턴 휴스

귀여운 달팽이야
너는 꿈을 꾸며 가는구나.
날씨하고 장미가
네가 아는 전부라지.

날씨하고 장미가
네가 보는 전부이니
이슬방울의
신비를
마시고 있구나.

Silver

Walter De la Mare

Slowly, silently, now the moon
Walks the night in her silver shoon;
This way, and that, she peers, and sees
Silver fruit upon silver trees;
One by one the casements catch
Her beams beneath the silvery thatch;
Couched in his kennel, like a log,
With paws of silver sleeps the dog;
From their shadowy cote the white breasts peep
Of doves in a silver-feathered sleep;
A harvest mouse goes scampering by,
With silver claws, and silver eye;
And moveless fish in the water gleam,
By silver reeds in a silver stream.

2 shoon(=shoes) 신, 구두 3 peer 자세히 보다 5 casement 창 7 couch 쉬다, 눕다 kennel 개집 sleep like a log 세상 모르고 자다 8 cote (비둘기) 집 9 peep 조금 드러내다 10 scamper 날쌔게 움직이다 11 harvest mouse 들쥐 claw 발톱 12 gleam 번쩍이다, 빛나다

☞ p. 202

은빛

월터 데라메어

느릿느릿, 고요히, 달은 이제
은빛 신발을 신고 밤길을 걸어 나온다.
이쪽저쪽을 살피다가 달은
은빛 나무들에 달린 은빛 과일을 본다.
은빛 초가지붕 밑 창문들이
하나씩 달빛을 받는다.
개집 안에 누운 개는 은빛의 발을 내밀고
세상모르고 잠들어 있다.
어둑한 비둘기장에서 비치는 하얀 가슴팍들은
은빛 날개 밑에서 잠자는 비둘기들을 엿보게 한다.
들쥐 한 마리 바삐 돌아다니는데
발도 은빛이요 눈도 은빛이다.
그리고 은빛 시냇물 안의 은빛 갈대 옆에서
물고기들은 물속에서 꼼짝도 않으며 반짝거린다.

34

The Secret Song

Margaret Wise Brown

Who saw the petals
  drop from the rose?
I, said the spider,
But nobody knows.

Who saw the sunset
  flash on a bird?
I, said the fish,
But nobody heard.

Who saw the fog
  come over the sea?
I, said the sea pigeon,
Only me.

Who saw the first
  green light of the sun?
I, said the night owl,
The only one.

Who saw the moss
  creep over the stone?
I, said the grey fox,
All alone.

1 petal 꽃잎 17 moss 이끼 18 creep
기다, 살금살금 다가가다
p. 203

은밀한 노래

마거릿 와이즈 브라운

장미에서 꽃잎이 떨어지는 걸
　　누가 봤을까요?
내가요, 하고 거미가 말했습니다.
나밖엔 아무도 몰라요.

해넘이가 새에 대고 플래시를 터뜨리는 걸
　　누가 봤을까요?
내가요, 하고 물고기가 말했습니다.
나밖엔 아무도 못 들었어요.

바다 위로 안개가 깔리는 걸
　　누가 봤을까요?
내가요, 하고 바다 비둘기가 말했습니다.
나뿐이에요.

해가 맨 처음 내는 푸른빛을
　　누가 봤을까요?
내가요, 하고 올빼미가 말했습니다.
나밖에 없어요.

이끼가 바윗돌에 끼는 걸
　　누가 봤을까요?
내가요, 하고 회색 여우가 말했습니다.
나 혼자만이요.

Who saw the petals
drop from the rose?
장미에서 꽃잎이 떨어지는 걸
누가 봤을까요?

35

The Violet

Jane Taylor

Down in a green and shady bed
  A modest violet grew;
Its stalk was bent, it hung its head,
  As if to hide from view.

And yet it was a lovely flower,
  Its color bright and fair!
It might have graced a rosy bower,
  Instead of hiding there.

Yet there it was content to bloom,
  In modest tints arrayed;
And there diffused its sweet perfume
  Within the silent shade.

Then let me to the valley go,
  This pretty flower to see,
That I may also learn to grow
  In sweet humility.

1 shady 그늘진 2 modest 겸손한, 정숙한 3 stalk 줄기 7 grace 빛내주다 bower 내실 10 tint 색조 array 치장하다 11 diffuse 발산하다
p. 203

제비꽃

제인 테일러

푸른 잎 덮여 그늘진 언덕 바닥에
   제비꽃이 겸손히 자라고 있었다.
마치 사람 눈에 띄지 않게 숨으려는 듯
   줄기가 휘어져 머리를 늘어뜨리고 있었다.

그래도 그건 아주 예쁜 꽃이었다.
   그 맑고 고운 빛깔!
거기에 숨어 있지 말고 장미의 방에 있었더라면
   그 방을 빛내 주었을 그런 꽃이었다.

그러나 그건 여전히 거기에 피어 있는 걸로 만족하였다.
   수수한 색조의 치장만으로.
그리고 거기 고요한 응달 안쪽에
   달콤한 향기를 흩뜨리고 있었다.

이제 나는 그 예쁜 꽃을 보러
   계곡으로 찾아가련다.
그리면 나 또한 향기로운 겸허 안에서
   자라는 것을 배울 터이니.

Down in a green and shady bed
A modest violet grew.
푸른 잎 덮여 그늘진 언덕 바닥에
제비꽃이 겸손히 자라고 있었다.

36

Our Tree

Marchette Chute

When spring comes round, our apple tree
  Is very full of flowers,
And when a bird sits on a branch
  The petals fall in showers.

When summer comes, our apple tree
  Is very full of green,
And everywhere you look in it
  There is a leafy screen.

When autumn comes, our apple tree
  Is full of things to eat.
The apples hang from every branch
  To tumble at our feet.

When winter comes, our apple tree
  Is full of snow and ice
And rabbits come to visit it...
  We think our tree is nice.

4 shower 소나기　8 leafy 잎이 우거진 screen 막　12 tumble 굴러 떨어지다, 뒹굴다, 뒹굴다시피 ~하다
↓ p. 204

우리 나무

마셔트 슈트

봄이 돌아오면 우리 사과나무는
　　꽃이 만발합니다.
그래서 나뭇가지에 새 한 마리 앉으면
　　꽃잎들이 소나기처럼 쏟아집니다.

여름이 오면 우리 사과나무는
　　초록이 가득합니다.
그래서 나무의 어디를 들여다봐도
　　잎사귀 칸막이가 쳐져 있습니다.

가을이 오면 우리 사과나무는
　　먹을 것으로 넘칩니다.
가지마다에 달린 사과들이
　　우리 발끝에 뒹굴다시피 와 닿습니다.

겨울이 오면 우리 사과나무는
　　눈과 얼음이 그득 찹니다.
그래서 토끼들이 거기를 찾아오곤 하는데…
　　우리는 우리 나무가 좀 상하다고 생각합니다.

37

What Is Pink?

Christina Rossetti

What is pink? A rose is pink
By the fountain's brink.
What is red? A poppy's red
In its barley bed.
What is blue? The sky is blue   5
Where the clouds float through.
What is white? A swan is white
Sailing in the light.
What is yellow? Pears are yellow,
Rich and ripe and mellow.   10
What is green? The grass is green,
With small flowers between.
What is violet? Clouds are violet
In the summer twilight.
What is orange? Why, an orange,   15
Just an orange!

2 brink 가장자리 3 poppy 양귀비
4 barley 보리 bed 모관 9 pear 배
10 mellow (과일이) 달콤한
p. 205

무엇이 핑크색인가요?

크리스티나 로세티

무엇이 핑크색인가요? 분수 가에 핀

장미꽃이 핑크색이지요.

무엇이 붉은색인가요? 보리 모판에 핀

양귀비꽃이 붉은색이지요.

무엇이 푸른색인가요? 구름이 떠다니는

하늘이 푸른색이지요.

무엇이 하얀색인가요? 햇빛 속에 날아가는

백조가 하얀색이지요.

무엇이 노란색인가요? 풍성히 익은 달콤한

배가 노란색이지요.

무엇이 녹색인가요? 작은 꽃들이 사이사이에 핀

풀밭이 녹색이지요.

무엇이 보라색인가요? 여름날 황혼의

구름이 보라색이지요.

무엇이 오랜지 색인가요? 암, 오렌지지요,

바로 오렌지요!

Selected English Poems for the Young at Heart

IV.
Faith, Family and Fellowship
믿음과 가족과 친교

38

The Lamb

William Blake

Little Lamb, who made thee?
Dost thou know who made thee?
Gave thee life, and bade thee feed
By the stream and o'er the mead;
Gave thee clothing of delight,   5
Softest clothing, woolly, bright;
Gave thee such a tender voice,
Making all the vales rejoice?
Little Lamb, who made thee?
Dost thou know who made thee?   10

Little Lamb, I'll tell thee;
Little Lamb, I'll tell thee:
He is called by thy name,
For He calls Himself a Lamb.
He is meek, and He is mild,   15
He became a little child.
I a child, and thou a lamb,
We are called by His name.
Little Lamb, God bless thee!
Little Lamb, God bless thee!

1 Lamb 새끼 양(대문자로 쓴 것은 예수를 He로 쓰듯이 예수의 품성을 어린양에서 암시하기 위한 것임) thee(=you) 너에게, 너를 2 dost(=do) thou(=you) 너는, 그대는 3 bid 명하다(과거형 bade) feed (동물이) 풀을 뜯어먹다, 사료를 먹다 4 mead 〈시어〉 풀밭, 목초지(=meadow) 13 thy(=your) 너의, 그대의 He, Himself (영국 문화에서는 예수 그리스도의 하나님됨을 대문자로 나타냄) 15 meek 온순한

🔥 p. 206

어린양

월리엄 블레이크

어린양아, 누가 너를 만드셨을까?
누가 너를 만드셨는지 너는 아느냐?
너에게 생명을 주시고, 그리고
시냇가와 목초지에서 너에게 먹을 것을 주시고,
너에게 기쁨의 옷을,
반짝이는 양털의 한없이 보드라운 옷을 주시고,
너에게 온 골짝들을 낭랑히 울리는
그런 부드러운 목소리를 주신 분이 누구인지 너는 아느냐?
어린양아, 누가 너를 만드셨을까?
누가 너를 만드셨는지 너는 아느냐?

어린양아, 내가 너에게 말해주마,
어린양아, 내가 너에게 말해주마.
그분은 너의 이름으로 불린단다.
그분이 자기를 '어린양'이라고 부르시거든.
그분은 유순하시고, 그분은 온화하시지.
그분은 한 어린아이가 되셨단다.
나는 어린이고, 너는 어린양이지.
우리는 그분의 이름으로 불리는 거야.
어린양아, 하나님이 너를 축복하시기를!
어린양아, 하나님이 너를 축복하시기를!

Little Lamb, who made thee?
Dost thou know who made thee?
어린양아, 누가 너를 만드셨을까?
누가 너를 만드셨는지 너는 아느냐?

39

The Clod and the Pebble

William Blake

'Love seeketh not itself to please,
'Nor for itself hath any care,
'But for another gives its ease,
'And builds a heaven in hell's despair.'

So sung a little clod of clay   5
Trodden with the cattle's feet,
But a pebble of the brook
Warbled out these metres meet:

'Love seeketh only self to please,
'To bind another to its delight,   10
'Joys in another's loss of ease,
'And builds a hell in heaven's despite.'

1 seeketh(=seeks) 찾다   2 hath(=has)
4 despair 절망 5 sung(=sang) 〈고어〉 clod
흙덩어리, 흙 6 tread 밟다, 짓밟다 7 brook
시내 8 warble (떠는 목소리로) 노래하다, (붙
이) 졸졸 흐르다 metre 운율, 박자 meet 〈고어〉
알맞은, 어울리는 11 joy(=enjoy) 〈시어〉 (동
사) 12 despite 악의, 위해
🌹 p. 207

진흙덩이와 조약돌

월리엄 블레이크

"사랑은 자기를 즐겁게 하려 들지 아니하고
자기를 돌보지도 아니하며
오직 남을 평안하게 하고
지옥의 절망 가운데 천국을 이룩하느니라."

가축의 발에 짓밟힌
작은 진흙덩이가 이렇게 노래하자
시냇물의 조약돌 하나가
졸졸 물소리에 맞추어 이렇게 노래하더라.

"사랑은 오직 자기만을 즐겁게 하고
자기의 기쁨에다 남을 동여매려 들며
남이 평안을 잃는 데서 기쁨을 맛보고
천국의 원한 가운데 지옥을 이룩하느니라."

40

Indifference

G. A. Studdert Kennedy

When Jesus came to Golgotha they hanged him on a tree,
They drave great nails through hands and feet, and made
a Calvary;
They crowned him with a crown of thorns, red were his
wounds and deep,
For those were crude and cruel days, the human flesh
was cheap.

When Jesus came to Birmingham, they simply passed him
by,
They never hurt a hair of him, they only let him die;
For men had grown more tender, and they would not
give him pain,
They only passed down the street, and left him in the
rain.

Still Jesus cried, 'Forgive them, for they know not what
they do,'
And still it rained the winter rain that drenched him
through and through;
The crowds went home and left the streets without a soul
to see,
And Jesus crouched against a wall and cried for Calvary.

무관심

G. A. 스튜더트 케네디

예수가 골고다에 이르렀을 때 그들은 그를 나무에 매달았다.

그들은 손과 발에 큰 못을 박음으로써 갈보리 형장을 만들어 냈다.

그들은 그의 머리에 가시면류관을 씌웠으며 피로 물든 그의 상처는
   심렬하였다.

그때는 거칠고 잔혹한 시대였던지라 인간의 몸뚱이는 헐값이었다.

예수가 버밍험에 이르렀을 때 그들은 그를 모른 체하고 지나갔다.

그의 머리칼 하나 다치지 않고 그를 그냥 죽게 만들었다.

사람들은 전보다 더 부드러워졌는지라 그에게 고통을 주려 들지 않았다.

그들은 그냥 거리를 따라 내려가면서 그를 비 맞고 있는 채로 내버려
   두었다.

예수는 예전처럼 소리쳤다. "저들을 사하여 주옵소서. 자기들이 하는
   것을 알지 못함이니이다."

그리고 겨울비는 여전히 쏟아져 내려 그의 몸을 흠뻑 적시었다.

군중들은 집으로 돌아가고 거리에는 사람의 그림자 하나도 보이지
   않았다.

그리고 예수는 담벼락에 웅크리고 앉아 갈보리를 부르짖었다.

---

1 Golgotha (감상편 해설 참조) 2 drave(=drove) Calvary (감상편
해설 참조) 3 crown (~에게) 왕관을 씌우다 thorn 가시 wound 상
처 red were his wounds and deep = his wounds were red and
deep (피로 물든 그의 상처를 강조하기 위해 앞에 놓음) 4 crude 거
친 cruel 잔인한 flesh 살, 육체 5 Birmingham (감상편 해설 참조)
10 drench 흠뻑 젖게 하다 11 soul 사람 12 crouch 웅크리다, 몸을
구부리다

🕯 p. 208

41

My Gift

Christina Rossetti

What can I give Him
Poor as I am;
If I were a shepherd,
I would give Him a lamb.
If I were a wise man,   5
I would do my part.
But what can I give Him?
I will give my heart.

3 shepherd 양 치는 사람. 목동
(감상편 해설 참조) 5 wise
man 현자 (감상편 해설 참조)
❦ p. 210

나의 예물

크리스티나 로세티

비록 가난하지만
나는 그분께 무엇을 드릴 수 있을까?
내가 만약 양 치는 사람이라면
그분께 어린양 한 마리를 드릴 텐데.
내가 만약 현자라면
내게 주어진 본분을 다할 텐데.
하지만 나는 그분께 무엇을 드릴 수 있을까?
나의 마음을 드리리라.

42

What Do They Do?

Christina Rossetti

What does the bee do?
  Bring home honey.
And what does Father do?
  Bring home money.
And what does Mother do?
  Lay out the money.
And what does baby do?
  Eat up the honey.

1~8 (bee와 baby, Father와 Mother, 그리고 honey, money, money, honey 간의 관계를 짓는 운율(rhyme)의 효과를 지켜본다. 음률(rhythm)의 효과도 함께.) 6 lay out (돈을) 쓰다
 p. 211

저들이 하는 일은 뭔가요?

크리스티나 로세티

벌이 하는 일은 뭔가요?
  집에 꿀을 가져오는 거지요.
아빠가 하시는 일은 뭔가요?
  집에 돈을 가져오는 거지요.
엄마가 하시는 일은 뭔가요?
  돈을 쓰시는 거지요.
아기가 하는 일은 뭔가요?
  꿀을 다 먹어 버리는 거지요.

43

Prayer for This House

Louis Untermeyer

May nothing evil cross this door,
    And may ill-fortune never pry
About these windows; may the roar
    And rains go by.

Strengthened by faith, the rafters will   5
    Withstand the battering of the storm.
This hearth, though all the world grow chill
    Will keep you warm.

Peace shall walk softly through these rooms,
    Touching your lips with holy wine,   10
Till every casual corner blooms
    Into a shrine.

Laughter shall drown the raucous shout
    And, though the sheltering walls are thin,
May they be strong to keep hate out   15
    And hold love in.

1 evil 나쁜, 불길한 2 ill-fortune 불운 pry 엿보다 3 roar 으르렁거림, 굉음 5 rafter 서까래 6 withstand 잘 견디다 batter 난타하다 7 hearth 난로 11 casual 무관심한, 되는 대로의 12 shrine 사당 13 drown 들리지 않게 하다, 압도하다 raucous 귀에 거슬리는, 무질서하고 소란한 14 shelter 보호하다, 지켜 주다

🔥 p. 212

이 집을 위한 기도

루이스 운터마이어

어떤 해악한 일도 이 집 문턱을 넘지 못하게 하소서.
　불길한 일이 이 집 창문 틈을 결코
엿보지 못하게 하시고, 천둥과 소나기가
　이 집을 피해 가게 하소서.

믿음의 담력에 찬 서까래들이
　폭풍의 난타를 이겨 내게 하시고
온 세상이 싸늘해진다 하여도
　이 집 난로만은 가족을 따뜻이 지키게 하옵소서.

화평이 이 방 저 방을 사뿐히 걸어 다니면서
　가족들의 입술을 정결한 포도주로 적시게 하시어
마침내는 무심하던 집안 구석마다
　성소로 피어나게 하소서.

웃음소리로 고함소리가 들리지 않게 하여 주시고
　보호 벽이 비록 얇기는 하여도
그것이 미움을 들이지 않고 사랑을 붙들어 주는
　튼튼한 방패가 되게 하소서.

Though the sheltering walls are thin,
May they be strong to keep hate out
And hold love in.

보호 벽이 비록 얇기는 하여도
그것이 미움을 들이지 않고 사랑을 붙들어 주는
튼튼한 방패가 되게 하소서.

44

Sweet and Low

Alfred Tennyson

Sweet and low, sweet and low,
  Wind of the western sea!
Low, low, breathe and blow,
  Wind of the western sea!
Over the rolling waters go, 5
Come from the dying moon, and blow,
  Blow him again to me;
While my little one, while my pretty one
    sleeps.

Sleep and rest, sleep and rest, 10
  Father will come to thee soon;
Rest, rest, on Mother's breast,
  Father will come to thee soon;
Father will come to his babe in the nest,
Silver sails all out of the west 15
  Under the silver moon:
Sleep, my little one, sleep, my pretty one,
    sleep.

3 breathe 호흡하다 5 roll (파도가)
굽이치다, 넘실거리다 14 babe 아기
p. 213

부드럽게 잔잔히

앨프리드 테니슨

부드럽게 잔잔히, 부드럽게 잔잔히,
　서쪽 바다의 바람이여!
잔잔히, 잔잔히, 입김 내어 불어 다오.
　서쪽 바다의 바람이여!
넘실대는 바닷물 넘어서 갔다가
기우는 달을 보면 돌아와 이리로 불어 다오.
　불어서 그이를 다시 내게로 보내 다오.
내 어린 아기, 내 귀여운 아기가
　잠든 사이에.

잠자며 쉬어라, 잠자며 쉬어라,
　아빠가 네게로 곧 오신단다.
쉬어라, 쉬어라, 엄마의 품에 안겨서.
　아빠가 네게로 곧 오신단다.
아빠가 보금자리에 든 그의 아기에게로 오신단다.
은빛 돛배들 모두 서쪽에서 떠나온단다,
　은빛 달빛을 받아 가며.
잠자라 내 어린 아기, 잠자라 내 귀여운 아기,
　잠자거라.

Sleep, my little one, sleep, my pretty one, sleep.
잠자라 내 어린 아기, 잠자라 내 귀여운 아기, 잠자거라.

45

The Fisher's Widow

Arthur Symons

The boats go out and the boats come in
Under the wintry sky;
And the rain and foam are white in the wind,
And the white gulls cry.

She sees the sea, when the wind is wild
Swept by a windy rain;
And her heart's a-weary of sea and land
As the long days wane.

She sees the torn sails fly in the foam,
Broad on the sky-line gray;
And the boats go out and the boats come in,
But there's one away.

2 wintry 겨울의, 겨울 같은 4 gull 갈매기
7 a-weary(=weary) 싫증 나는 8 wane (달
이) 이지러지다 10 sky-line 지평선, 수평선
☙ p.211

어부의 미망인

아서 시먼스

겨울 하늘 아래
배들이 나가고 배들이 들어온다.
비와 포말이 바람에 하얗게 부서지고
갈매기들이 울어댄다.

비바람이 싹 지나가고
바람이 거세지자 그녀는 바다를 본다.
기나긴 날들이 이지러질 때
상심한 그녀는 바다와 육지가 진저리 난다.

드넓은 잿빛 하늘을 배경으로
찢겨진 돛들이 물거품 속에 나부끼는 것을 그녀는 본다.
그리고 배들은 나가고 배들은 들어온다.
한데 배 하나는 가서 오지 않는다.

46

Father

Myra Cohn Livingston

Carrying my world
Your head tops ceilings.
Your shoulders split door frames.
Your back holds up walls.

You are bigger than all sounds of laughter,
                    of weeping,
Your hand in mine keeps us straight ahead.

아버지

마이라 콘 리빙스턴

나의 세계를 받치시느라
아빠는 머리가 천장을 뚫고 오르네요.
아빠는 어깨가 문틀을 쪼개네요.
아빠는 등이 벽을 떠받치네요.

아빠는 모든 웃음소리보다,
　　　　　울음소리보다 더 크시네요.
아빠의 손이 내 손을 잡으면
우리는 언제나 바르게 나아갈 수 있어요.

47

My Mother's Face

Liz Rosenberg

I see my mother's face at the door,
I see her waiting inside the warm car.
Alone and waiting; her breath clouds the window.

I feel her hand on my face in the dark
when the dark opens up for her like a flower.　5
I feel my mother's cool hand on my cheek,
the pretty, loose skin on the back of her wrist.

I hear my mother's voice in the kitchen,
murmuring, rising, or shrieking in anger.
Listen! She's humming a little tune.　10

Days and nights —
long, busy days or
sad, slow nights.
My mother opens the door to my room.
I see my mother's face at the door.　15

3 cloud 흐리게 하다 7 wrist 손목
9 murmur 속삭이다 shriek 날카로운 소리를 지르다 10 hum 콧노래를 부르다

↓ p. 216

152

엄마의 얼굴

리즈 로젠버그

나는 문 앞에 있는 엄마의 얼굴을 봐요.
나는 따뜻한 자동차 안에서 기다리는 엄마를 봐요.
혼자서 기다리고 있네요. 엄마의 입김으로 자동차 창유리가 뿌예져요.

어둠 속에서 나는 내 얼굴에 엄마의 손을 느껴요.
꽃이 피어나듯 어둠은 엄마에게 열림을 줘요.
내 볼에서 엄마의 차가운 손을 느껴요.
엄마 손등의 곱고 몰랑한 살갗을요.

나는 주방에서 나오는 엄마의 목소리를 들어요.
나직한 혼잣말, 높아지는 소리, 또는 화가 나 외치는 소리.
들어 보세요! 엄마가 잔잔한 콧노래를 부르고 있어요.

낮이고 밤이고—
긴 분주한 낮이나
슬프고 지루한 밤이나
엄마는 내 방문을 열어요.
나는 문 앞에 있는 엄마의 얼굴을 봐요.

48

The Quarrel

Eleanor Farjeon

I quarreled with my brother,
I don't know what about,
One thing led to another
And somehow we fell out.
The start of it was slight,
The end of it was strong,
He said he was right,
I knew he was wrong!

We hated one another.
The afternoon turned black.
Then suddenly my brother
Thumped me on the back,
And said, "Oh, *come* along!
We can't go on all night —
I was in the wrong."
So he was in the right.

1 quarrel 싸움, 말다툼 4 somehow 어쨌든, 어하튼 fall out (사이가) 틀어지다 12 thump 탁 치다 13 come along 〈명령형〉 따라오라 15 be in the wrong 잘못하다 16 be in the right 잘하다

p. 217

말다툼

엘리너 파전

형하고 나는 다투었다.
무슨 일로 그랬는지는 몰라도
한 번 다투니까 또 다투게 되어
어쨌든 우리는 사이가 벌어지고 말았다.
시작은 하찮은 거였지만
끝은 대단한 것이었다.
형은 자기가 옳다고 했고
나는 그가 잘못이라고 자신했다!

우리는 서로 미워했다.
오후 분위기가 험악해졌다.
그러더니 별안간 형이
내 등을 툭 치며 말했다.
"야, 이리 좀 와!
밤새도록 이럴 순 없잖아—
내가 잘못했어."
그래서 그가 잘한 것이 됐다.

49

When You Are Old

W. B. Yeats

When you are old and gray and full of sleep,
And nodding by the fire, take down this book,
And slowly read, and dream of the soft look
Your eyes had once, and of their shadows deep;

How many loved your moments of glad grace,
And loved your beauty with love false or true;
But one man loved the pilgrim soul in you,
And loved the sorrows of your changing face.

And bending down beside the glowing bars
Murmur, a little sadly, how love fled
And paced upon the mountains overhead
And hid his face amid a crowd of stars.

당신이 늙게 되면

W. B. 예이츠

당신이 늙어서 백발이 성성하고 잠이 많아져
난롯가에서 꾸벅거릴 때가 되면 이 책을 가지고 가서
천천히 읽어 보셔요. 그러면서 한때 당신의 눈이
짓던 부드러운 표정과 깊은 그림자를 꿈꾸어 보셔요.

당신이 기꺼이 친절했던 순간들을 얼마나 많은 이들이 사랑하였는지.
그리고 얼마나 많은 이들이 당신의 아름다운 모습을 사랑하였는지,
　　거짓으로든 진심으로든.
하지만 한 사람은 당신 안에 자리 잡은 순례자의 영혼을 사랑하였지요.
그리고 그는 당신의 변해 가는 얼굴의 설움들을 사랑하였지요.

이제 달아오르는 쇠창살 곁에 구부리고 앉아
구슬픈 조로 나직이 불평을 말해 보셔요. 당신을 버리고 떠나
저 높이 솟은 산악들을 헤쳐 가다가 수많은 별들 가운데에
얼굴을 감추고 만 그 사랑의 행각에 대해서 말이에요.

2 nod 졸다 4 shadow 어둠, 슬픔 5 grace 우
아, 품위 7 pilgrim soul 순례자의 영혼 9 glow
빨갛게 타다 bars 막대기, 창살 10 flee 달아나다
11 pace 천천히 걷다 overhead 머리 위에, 높이
12 amid ~의 한가운데에

_p. 215_

50

The Little Boy and the Old Man

Shel Silverstein

Said the little boy, "Sometimes I drop my spoon."
Said the little old man, "I do that too."
The little boy whispered, "I wet my pants."
"I do that too," laughed the little old man.
Said the little boy, "I often cry."   5
The old man nodded, "So do I."
"But worst of all," said the boy, "it seems
Grown-ups don't pay attention to me."
And he felt the warmth of a wrinkled old hand.
"I know what you mean," said the little old man.   10

3 wet 적시다, 오줌을 싸다 pants 바지
8 grown-ups 어른들 pay attention
to ~에 관심을 기울이다 9 warmth
온기 wrinkled 주름 잡힌
☞ p.219

어린 소년과 노인

셸 실버스타인

어린 소년이 말했습니다, "저는 이따금 숟가락을 떨어뜨려요."

작은 노인이 말했습니다, "나도 그래."

어린 소년이 속삭였습니다, "저는 바지에 오줌을 싸요."

작은 노인이 웃으며 말했습니다, "나도 그런단다."

어린 소년이 말했습니다, "저는 가끔 울어요."

노인이 고개를 끄덕이며 말했습니다, "나도 그래."

소년이 말했습니다, "그런데 제일 큰 문제는 어른들이

저한테 마음을 써 주지 않는 것 같다는 거예요."

그러자 그는 노인의 주름진 손이 따스하게 와 닿는 것을 느꼈습니다.

작은 노인이 이렇게 말했습니다. "네 말이 무슨 뜻인지 나도 알지."

51

People

D. H. Lawrence

I like people quite well
at a little distance.
I like to see them passing and passing
and going their own way,
especially if I see their aloneness alive in them.   5

Yet I don't want them to come near.
If they will only leave me alone
I can still have the illusion that there is room enough in
   the world.

2 at a distance 좀 떨어져서 5 aloneness
혼자임 8 illusion 환상 room 공간, 여지
☙ p. 220

사람들

D. H. 로런스

나는 사람들이 좀 거리를 두고 있는 게
퍽 좋다.
그들이 지나가고 또 지나가고
자기네 가고 싶은 길을 가는 게 나는 보기 좋다.
특히 그들 안에 홀로임이 살아 있음을 보게 되면.

그래도 나는 그들이 가까이 다가오는 걸 원치 않는다.
그들이 나를 혼자 내버려 두기만 한다면
이 세상에 공간이 충분히 있다는 환상을 나는 여전히 가질 수 있을
　　테니까.

52

Sing a Song of People

Lois Lenski

Sing a song of people
  Walking fast or slow;
People in the city,
  Up and down they go.

  People on the sidewalk,
  People on the bus;
  People passing, passing,
  In back and front of us.
  People on the subway
  Underneath the ground;
  People riding taxis
  Round and round and round.

  People with their hats on,
  Going in the doors;
  People with umbrellas
  When it rains and pours.
  People in tall buildings
  And in stores below;
  Riding elevators
  Up and down they go.

  People walking singly,

People in a crowd;
People saying nothing,
People talking loud.
People laughing, smiling,
Grumpy people too;
People who just hurry
And never look at you!

Sing a song of people
    Who like to come and go;
Sing of city people
    You see but never know!

5 sidewalk 보도 16 pour (비가)
퍼붓다 26 grumpy 심술이 난

p. 221

사람들의 노래를 불러 보세

로이스 렌스키

빠르거나 느리게 걸어가는
　사람들의 노래를 불러 보세,
올라가고 내려가고 하는
　도시 사람들의 노래를.

　　인도를 가는 사람들,
　　버스를 타고 가는 사람들,
　　우리의 앞과 뒤를
　　휙휙 지나가는 사람들,
　　땅 밑으로
　　지하철을 타고 가는 사람들,
　　택시를 타고
　　돌고 돌고 도는 사람들.

　　머리에 모자를 쓰고
　　문 안으로 들어가는 사람들,
　　우산을 펴 들고
　　퍼붓는 빗속을 가는 사람들,
　　고층 건물과
　　밑의 상가에 들어 있는 사람들,
　　엘리베이터를 타고
　　그들은 올라가고 내려가고 한다.

　　혼자 걸어가는 사람들,

떼를 지어 있는 사람들,
아무 말도 없는 사람들,
큰 소리로 말하는 사람들.
웃는 사람들, 미소 짓는 사람들,
뾰로통해 있는 사람들까지.
그저 서두르기만 하고
남을 쳐다보지도 않는 사람들!

왔다 갔다 하기를 좋아하는
　사람들의 노래를 불러 보세,
우리가 보기는 해도 알지는 못하는
　도시 사람들을 노래 불러 보세!

Poets in Profile &
Poems in Analysis

감상편

작자 소개 및 작품 해설

I. Innocence and Childhood 순결과 동심

1. Songs of Innocence: Introduction

William Blake(1757~1827)

영국 시인·화가·판화가. 많은 자작시에 삽화를 그려 넣고 인쇄판을 손수 짜 넣었다. 고전미와 합리성을 중시한 당대 문예 추세에서 벗어나 혁신적인 개성, 초자연적인 공상과 신비로 특징지워지는 작품들을 썼다. 영국 낭만주의 부흥운동에 크게 밑거름이 된 시인이지만 그의 진가가 알려지기 시작한 것은 19세기 말엽에서 20세기 초가 되어서였다. 주요 작품집으로 *Songs of Innocence*(1789), 증보판 *Songs of Innocence and Songs of Experience*(1794), *The Book of Urizen*(1794), *The Song of Los*(1795) 등이 있다.

🌱 이 시가 첫 시로 들어가는 시선집 *Songs of Innocence*는 블레이크가 시인으로서 신비적인 비전을 뚜렷하게 드러내기 시작한 작품집에 속한다. 순박하고 천진하며 순결한 시들로 채워진 이 시선집의 주제는 이 지상에서 하늘나라의 상징적 표상이 되는 어린이 또는 동심(童心)이다. 블레이크는 이 책에서 어린이의 순결한 눈에 비친 세상일들을 형상화시켜 인간 영혼의 순수하고 정결한 모습을 그려 보인다.

이 시의 기조는 황량한 계곡을 따라 기쁨에 찬 노래를 피리 불며 내려오는 이 시의 화자가 구름 위의 한 아이와 눈이 마주쳐 교감하는 순간부터 정해진다.

구름 위의 아이는 이 시에서 과연 어떤 자리를 차지하는 것일까? 우선 그 아이는 호소력이 대단히 강하다. 첫마디부터 어린양의 노래를 즐겨 찾았으니, 어린양은 예수 그리스도의 화평과 사랑을 암시하는 증표가 아닌가? 아이는 기쁨에 찬 노래를 듣고 감동을 눈물로 나타내면서 피리 소리로 시작된 가락을 목소리 노래로 바꾸게 하고, 그 목소리 노래를 또 글로 된 노래로 적어 달라고 애청한다.

이것은 시가 탄생하는 자연발생적인 경로임에 틀림없는데, 그러고 보면 이 시의 화자가 기쁨에 찬 노래를 갈대 붓으로 써 내려가기까지 뒤에서 박차를 가하였던 것은 구름 위의 아이었던 것이 아닌가?

옛적에 보통 서사적인 장시를 쓰는 시인들이 신성한 영인 시신(詩神) 또는 뮤즈(Muse)에게 영감을 내려 달라고 기원하였는데, 그런 초자연적인 힘을 블레이크는 이 서시에서 구름 위의 ‘아이’로 형상화시켜 찾은 것이 아닐까 한다. 그가 신봉하였던 어린이의 동심이 시인의 시적 비전으로까지 이어지는 상황인 것이다.

이런 점에서 이 서시는 시선집 *Songs of Innocence* 안에서 이어나갈 다른 시들을 위해 씌어진 기원의 시(invocatory poem)라고 말할 수 있겠다.

2. Annabel Lee

Edgar Allan Poe(1809~1849)

미국 시인 · 단편소설가 · 비평가. 원래 시인으로 입신하기를 바랐던 포는 초기 시에서 크게 성공을 보지 못하자 약 15년간 경제적 필요성 때문에 언론사에서 일하며 탐정소설 형태의 단편소설을 많이 썼다. 괴기한 분위기의 그의 단편 작품들 중에는 "The Fall of the House of Usher"(1839), "The

Murders in the Rue Morgue"(1841)와 같은 우수작이 있다. 그의 비평 저작으로는 심미론과 기교론을 펴낸 것들이 있다.

초기 시에서 포는 영국 낭만시인들(Coleridge, Byron, Shelley 등)의 영향을 받은 흔적이 보이지만 그러면서도 영국 시인들과는 달리 섬뜩한 죽음을 주제로 하는 시를 즐겨 썼다. 그의 대표작으로 꼽히는 시 "The Raven"(1845)과 "Annabel Lee"(1849)는 모두 포가 말년에 쓴 것들이다.

🌱 포의 사후 이틀 만에 New York Tribune지에 발표된 이 시는 죽은 아내 Virginia를 추모하는 것이었으리라는 추측이 짙다. 포가 자주 쓰는 주제의 하나인 '아름다운 여인의 죽음'을 형상화한 시이다.

포가 시의 특징으로 내세운 세 가지가 있는데, 1. 시는 음악에 가깝다, 2. 시의 주목표는 미를 추구하는 것이다, 3. 시는 논리적인 구성을 지녀야 한다는 것이 그것이다. "Annabel Lee"에는 이들 특성이 고루 반영되어 있는 것 같다.

시에서 의미보다 소리가 더 중요하다고 본 포는 이 시에서 말의 소리(두운, 유운, 앞 행의 마지막 음절의 반복, 반복하는 어구 등)를 써서 암울·신비·공포의 분위기를 효과적으로 자아냈다. 로미오와 줄리엣의 사랑에 버금가는 비통한 실연(lost love)을 전설적인 이야기의 양식으로 풀어 나간 이 시는 특히 말소리의 정묘한 기교를 가지고 독자를 몽환적인 분위기로 몰아간다.

물불을 가리지 않는 나이 어린 두 남녀의 초월적인 순정의 사랑("사랑을 넘어선 그 어떤 사랑으로—하늘나라의 날개 달린 천사들이 그녀와 나를 탐낼 정도의 사랑으로 서로 사랑했습니다"), 죽음이라는 국경 너머에서나 아름답게 피어나는 이 사랑은 포가 신봉하는 지고의 미를 대표하고도 남음이 있다.

이승에서 맺어지지 못하는 사랑의 상실감과 애처로운 심정이 시의 초반에 더러 나타나지만 시의 후반에 이르면 그것이 철철 넘치는 기쁨과 황홀감으로 변한다. 이것은 순결한 사랑만이 도달할 수 있는 역설(paradox)의 경지인데, 그것을 향해 포는 능숙한 논리의 솜씨로 이 사랑 이야기를 이끌어 갔다.

3. Pippa's Song

Robert Browning(1821~1889)

영국 시인. 19세기 후반 영국 문단에서 테니슨(Alfred Tennyson)과 함께 쌍벽을 이룬 대시인이다. 부유한 가정에서 태어나 풍류를 아는 아버지의 슬하에서 자라면서 10대에 이미 시를 쓰기 시작했다.

시인이 자기감정을 대놓고 표현하는 서정시의 형식 대신에 브라우닝은 '극적 독백(dramatic monologue)'이라는 객관적 양식을 써서 인간 성격의 깊은 구석들을 들여다보는 특유한 시적 표현을 시도했다. 그의 명작 "My Last Duchess", "The Bishop Orders His Tomb", "Fra Lippo Lippi", "The Ring and the Book" 등은 모두 그런 양식을 사용한 시들이다.

브라우닝의 시는 19세기 전반의 낭만시와는 달리 패기 있는 표현력과 지나치게 기발하다 할 정도로 예민한 심리 연상의 기교가 특징을 이루고 있다.

이 시는 브라우닝의 초기 시 *Pippa Passes*(1841) 안에 들어 있는 짧은 시이다. 지극히 낙천적인 소녀 피파의 눈에 비친 화평한 천지의 전경이 간명한 문체로 그려져서 만인이 애송하는 시가 되었다.

이 시가 들어 있는 극적인 문맥은 그렇게 단순한 것이 아니다. 이탈리아의 어느 지방 도시에서 명주 천 짜는 일을 하는 소녀 피파는 휴일 아침 동네 길을 혼자 걸어간다. 그녀는 자기가 지나가는 네 집에 각가 들어 사는 사람들의 일을 순진한 자신의 마음속에 떠올리고 기쁨 찬 노래를 부르며 지나간다.

피파의 명랑하고 순박한 노래에 비해 그 순간 집안에서 제각기 죄를 짓고 있던 네 사람의 어두운 사정은 너무도 좋은 대조를 이루며 그들 각자에게 충격적인 변화마저 가져다주게 된다.

4. My Heart Leaps Up

William Wordsworth(1770~1850)

영국 시인. 어려서 부모를 여읜 그는 그 서러운 감정을 오래 가슴에 품고 빈곤, 이산, 사별 등의 주제를 시에서 다루었다. 젊어서 한때는 프랑스 혁명 지도자들의 이상에 열렬히 동조하다가 얼마 만에 혁명가들의 공포정치에 환멸을 느끼고 돌아서서 영국 호반 지역 자연에 귀의하여 살면서 시를 쓰기 시작했다.

그가 콜리지(Samuel T. Coleridge)와 함께 낸 시집 *Lyrical Ballads*(1798)는 영국 낭만주의 부흥운동의 효시를 이룬다. 이 시집 외에 주요 시집으로 *Michael*(1800), *Poems in Two Volumes*(1807), *The Excursion*(1814), *The Prelude*(1850) 등이 있다. 1843년에 위즈워스는 Robert Southey의 뒤를 이어 계관시인으로 서임되었다.

위즈워스를 가리켜 자연시인이라고 보통 말하지만 그는 전원적인 자연이 만병통치의 이상이라 하는 그런 자연시인은 아니었다. 그는 자연과 인간과 창조주 사이에 어떤 신비로운 유대가 있다고 믿는 자연시인이었다. 위즈워스는 자연이 인간의 심령에 줄 수 있는 갱생의 힘을 믿었던 것이다.

이 시는 위즈워스가 1802년에 썼다는 기록이 있지만 발표되기는 시집 *Poems in Two Volumes*(1807)에서였다. 이 시집에는 위즈워스가 어린이의 순수한 감성을 반영시켜 쓴 우수작들—"It is a Beauteous Evening", "Ode: Imitations of Immortality from Recollections of Early Childhood", "I Wondered Lonely as a Cloud", "The Solitary Reaper" 등—이 들어 있다.

이 시는 "The Rainbow"라는 제목으로 더러 소개되는데 그것은 위즈워스의 시작(詩作) 활동에 크게 관여했던 누이동생 Dorothy가 붙인 제명이라고 전해진다. 무지개의 의미에 관하여 말하자면 구약성경의 여호와 하나님이 노아와 그의 후손들에게 세운 언약의 증거로 구름 속에 무지개를 두었음을 선포한 바 있는데(창세기9:12-17), 이

시에 나타나는 무지개에는 반드시 그런 종교적 상징의 의미가 주어
지지는 않는다. 그러나 시인 워즈워스의 자연과 시에 대한 경건한 감
성은 충분히 배려될 만도 하다.

하늘에 무지개를 볼 적마다 가슴이 뭉클해진다는 이 시의 제1~2행
은 그의 마음에 있는 모든 것을 드러내 보이는 강렬한 표현이다. 시
인은 여기에서 무지개의 모습이 어떠한지, 그 아름다움이 어떤 정도
인지를 구태여 묘사하려 들지 않는다. 아마 그럴 필요가 없을는지도
모른다. 화자 '나'가 무지개를 보는 순간 경험하는 강렬한 반응 그것
만으로도 무지개의 아름다움이 추량될 것이니까.

워즈워스가 낭만시인으로서 시를 "spontaneous overflow of
powerful feelings(강렬한 감정의 자연스러운 범람)"이라고 정의한
바 있는데, 그러한 명제가 이 시에서 바로 작동되고 있다고 말할 수
있다.

"The Child is father of the Man"이라는 불가해의 명제는 인간
영혼의 순결의 뿌리가 어린이에서 시작된다는 워즈워스의 심오한 생
각을 밝혀 주며 그런 가운데서 그는 그 순결에 담긴 모든 신비를 극
히 소중한 것으로 믿었던 시인이었다.

"natural piety(자연에의 경애심)"가 동심과 어른의 마음을 묶어 주
는 열쇠라고 믿었던 워즈워스는 자연의 일상적인 광경에서 우리가
느끼는 감동이 일시적인 것이 아니라 항시적인 것이어야 한다고 주
장한다.

5. Rainbow for Joyce

Ida DeLage(1918~)

미국 시인. *The Farmer and the Witch*(1966), *The Old Witch and the
Snores*(1970), *The Old Witch Party*(1976), *The Old Witch Gets a
Surprise*(1981), *The Old Witch and the Crows*(1983) 등의 시집에서 '늙

은 마녀'가 비상한 마력을 행사하는 이야기를 가지고 어린 독자들의 심령을 흔들어 놓은 시인이다.

🌱 12행으로 각각 구성된 제1연과 제2연은 제 나름의 역할을 다하고 있다.

제1연에서는 봄 하늘에 비가 뿌리면서 신기하게 무지개가 생겨나는 과정이 마치 스크린에서 동영상을 보듯 정연하게 그려진다. 오색 영롱한 무지개에 대한 묘사가 이루어지는데도 아직은 워즈워스의 시에서 보는 시인의 감정 발로 같은 것은 없으며 독자가 옮겨 받는 느낌도 그다지 크지 않다고 말할 수 있다.

제2연에서부터 무지개에 대한 시인의 감정이나 생각이 끼어들기 시작한다. 이 세상의 모든 아름다운 것들이 그러하듯 아름다운 무지개 역시 사라져 가려 하니 그걸 붙잡지 못하는 아쉬움이 시인을 잠시 서글프게 만든다. 많은 감상적인 시들은 그런 아쉬움 앞에서 무위나 한탄으로 끝을 보지만 이 시는 다르다. 시인의 지성이 순간적으로 발동하여 감성의 과다를 막아 준다고나 할까.

마침내 보석으로 비유되는 무지개의 아름다움을 가슴속에 챙겨 두겠다는 심미 추구의 야망을 시인은 이렇게 나타낸다.

그러면 보석들은 내 가슴속에 영원히 남아
하늘이 흐린 날에도
가물대며 빨갛게 빛날 테지.

19세기의 워즈워스도 이와 유사한 소망을 말했었다. 그는 "자연에의 경애심"이라는 경건한 정서를 통해 어린이의 동심에 잠겨 있는 불꽃을 잠시도 꺼뜨리지 않고 어른의 마음, 노인의 마음에까지 옮겨 가기를 원했었다.

6. Some One

Walter (John) De la Mare(1873~1956)

영국 시인·소설가·비평가. 그는 생존 시 꽤 널리 알려진 문필가였으며 오늘날에는 어린이들의 혼을 불러대는 그의 시나 단편소설로 더 많이 알려져 있다.

1902년에 그는 *Songs of Childhood*라는 첫 시선집을 Walter Ramal이라는 필명으로 냈다. 그리고 이후로 약 40여 년간 그는 실명으로 소설, 평론, 시 등을 엄청나게 많이 써냈다.

워즈워스(William Wordsworth)와 마찬가지로 어린이가 본질적으로 어른보다 더 민감하고 직감적이라고 믿었던 데라메어는 신비롭고 신령하기도 하고 유령과 요정들이 출몰하기도 하는 고가(古家)나 숲을 배경 삼아 시와 산문을 즐겨 썼다.

어린이들을 위한 주요 시집으로 *Peacock Pie*(1913), *Tom Tiddler's Ground*(1932), *Bells and Grass*(1941)가 있고 성인을 위한 주요 시집으로는 *The Listeners*(1912)와 *The Veil*(1921)이 있다.

으슥한 밤에 한 어린이가 잠결에 무슨 소리를 듣고 깨어나 그 소리의 알지 못할 원인을 캐묻는 이 시의 상황은 데라메어의 글에서 가히 있을 수 있는 상황이다.

자연 세계가 던져 주는 수수께끼에 대해 호기심이 팽팽한 이 어린이는 자연의 신비에 대해 마냥 감탄과 놀라움을 금치 못하는 동심의 소유자임에 틀림없다. 그리고 누가 와서 문을 두들긴 것인지 정말 모른다고 말하는 어린 화자는 도둑인가 싶어 벌벌 떠는 현대 사회의 어린이가 아니라 한밤중 바깥 세계에 출몰하는 유령이나 요정의 존재를 믿는 아이라는 여운을 이 시는 다분히 남기고 있다.

7. I Wonder

Jeannie Kirby

이력 미상. 그의 시 "I Wonder"는 *The Oxford Treasury of Children's Poems* (New York: Oxford University Press, 1988)에 게재됨.

자연의 현상 하나하나를 영특한 눈으로 바라보는 이 시의 화자는 상식을 넘어선 질문들로 자신의 궁금증을 쏟아 낸다. 풀의 색깔로부터 시작하여 형체 모를 바람, 둥긂을 잃은 달, 불이 꺼진 별, 오색영롱한 무지개, 하늘에 높이 걸린 솜털 같은 구름, … 그 어느 것 하나 그의 눈에는 신통하고 묘하지 않은 것이 없다.

왜 그럴까? 자연을 보는 시인의 '눈'의 문제인 것 같다. 19세기 영국 아동문학가 루이스 캐럴(Lewis Carroll, *Alice in Wonderland*의 작가)은 시인을 지망하는 사람에게 권하는 말로 "모든 것을 볼 때 사팔눈으로 바라보는 마음가짐을 가지라."고 하였다 한다. 무엇을 볼 때 분명하고 정확하게 보는 것이 아니라 사팔눈처럼 모로 보게 되면 신기하고 참신한 기미를 볼 수 있기 때문이다.

8. Who Has Seen the Wind?

Christina Rossetti (1830~1894)

영국 여류 시인. 아버지가 초년에 시를 쓰다가 이탈리아에서 정치 망명객으로 나와 영국에 정착한 크리스티나의 집안은 문예를 지극히 사랑하는 분위기였다. (당시 시인이자 화가로 널리 알려진 Dante Gabriel Rossetti는 그녀의 오라버니이다.)

어린 시절에 크리스티나는 형제들과 함께 동화집이나 《아라비안나이트》 같은 책들 그리고 귀신과 마녀들이 나오는 이야기책들에 파묻혀 살았다. 이런 것이 아마 그녀의 어린 마음에 신비와 환상의 분위기를 크게 돋우어 주었던 것 같다.

그녀의 시에서는 영국 낭만파 시인들에게서 받은 영향이 느껴진다. 그녀가 강렬히 감지하여 나타냈던 것은 삶 속의 아름다움, 특히 관능적인 양태의 아름다움이었다. 그녀는 또 시에서 압운과 리듬의 효과를 많이 추구하였다.

🌱 〈누가 바람을 보았을까요?〉라는 이 시의 제목부터가 우리에게 눈이 휘둥그레질 만한 느낌을 안겨 준다. 우리들 가운데 바람이 어떻게 생겼으며 바람의 생태가 어떠한지를 생각해 본 사람이 과연 얼마나 될까?

우주의 신비의 구석구석을 들여다보려는 시인의 열의는 그녀의 순결한 동심에서 오는 본능적인 욕구의 발로가 아니겠는가. 신비를 공경하고 사랑하는 시인은 눈에 보이지 않는 바람의 힘도 값지게 알고 바라볼 수 있는 것이다.

이 시에서 로세티는 재치와 매력이 넘치는 언어를 통해 바람과 나무가 함께 어울리는 춤의 제스처를 그려 보인다. 늘어진 나뭇잎들이 파르르 떨고 있는 것은 바람이 잎 사이를 살그머니 지나간다는 표시이며, 나무가 죽은 듯이 머리를 숙이고 있는 것은 그 옆을 바람이 세차게 지나가고 있기 때문이다.

무심한 보통 사람들 눈에 바람은 보이지 않는 것이지만 나무와 나뭇잎들과는 꾸준히 교감하는 반려가 되고 있다.

9. Rain

Robin Christopher
이력 미상. 그의 시 "Rain"은 *Rainbow in the Sky*, edited by Louis Untermeyer(New York: Harcourt, Brace & World, 1935)에 게재됨.

🌱 이 시의 제재인 비는 이 세상에서 우리가 흔히 경험하는 비, 즉

푸른 풀밭에 내리고 나무 위에 내리고 지붕 꼭대기에 내리고 우리의 창가와 옷을 적시며 내리는 인간 시각에서 본 비가 아니라, 저 높이 천상에서 천체들이 흘리는 눈물방울로서 착상된 하늘의 시각에서 본 비의 이야기이다. 얼마나 기발하고 참신한 상상인가!

기상 전문가가 제시하는 비의 이야기와도 거리가 먼 이 시는 어려서 아버지한테서 들은 아름다운 전설 이야기를 화자가 천체들이 흘리는 눈물의 사연으로 펴 나가는 판타지아 작품이라고 말할 수 있겠다.

아기별과 달님과 해님이 각각 겪는 불상사를 화자는 다소 들뜬 정감이 넘치는 말로 이야기하고 있어 하늘 세계와 우리의 세계가 한순간 하나로 합쳐지는 다정한 분위기를 느끼게 한다.

그러나 아기별 하나가 집에서 멀리 나가 돌아다니다가 길을 잃는가 하면, 달님이 그 고운 얼굴을 긁히는 사고가 나고, 연로한 해님은 쇠약해져 감기로 눈물을 질질 흘리는 지경이니 그 눈물이 다 어디로 가겠는가? 하늘 아래 땅에서 받을 수밖에.

비 내리는 현상이 하늘 세계의 불상사로 이야기되는 이 전설이 어릴 때 아버지가 집에서 한 이야기에 근거한다는 핍진성을 시인은 시의 첫 연에서 예시하였고, 마지막 제5연에 가서 이를 되풀이하면서 이 모든 것이 사실을 넘어선 신화적 진실이라는 여운을 남기고 있다.

10. Night Comes...

Beatrice Schenk de Regniers(1914~2000)
미국 시인 · 저술가. 3세에서 8세에 이르는 어린이들의 성장 경험과 그들의 세상 보는 눈에 깊은 관심을 두고 글을 쓴 문인이다. 시집으로 *What Can You Do with a Shoe?*(1955)가 있고 창작상의 개념을 논한 저서 *A Little House of Your Own*(1954)과 어린이들을 위한 명시 선집들을 편찬하였다.

🌱 이 시의 첫 마디 "밤이 온다/ 하늘로부터 새어 나온다"는 밤의

속성을 너무나도 잘 짚은 말이다. 하늘을 환하게 비춰 밝히던 해가 져서 하늘이 어두워지면 하늘 아래 땅도 어두컴컴해져 밤이란 세계가 된다. 즉 낮과 밤을 갈라놓는 제일 조건은 하늘의 밝음과 어두움인 것이다.

하늘에서 밤이 새 나온다는 말에는 어딘가 모르게 꺼림칙하고 섬뜩한 느낌이 들어 보인다. 마치 하늘에서 밤이 먹물 같이 새 나오는 것도 같으니까. 그래서 그런지 별들이 "엿보며 나온다"고 말한다. 당당히 나오는 별이 아니라 어두운 정황을 몰래 가만히 바라보는 조심스러운 별이다. 그 다음에는 달이 "살그머니 나온다"고 말한다. 별 못지않게 조심을 떠는 달의 은빛은 당당한 낮의 햇빛과는 달리 음흉한 데가 있다.

하늘의 별과 달마저 조심하는 밤이니 땅에 내리는 밤의 세계는 오죽 섬뜩하랴. 그래서 어둠이 두려운 사람들은 오만 가지 불빛을 동원하여 불야성을 이루어 그 안에서 겁을 이겨 보려고 발버둥치는 것인지도 모른다.

이 모든 것에도 불구하고 밤이 무서울 것 없다고 외치는 이 시의 화자는 비범한 취향을 가진 사람이리라.

19세기 미국의 저술가 헨리 베츤(Henry Betson)은 일찍이 밤의 세계의 진가를 찬미하는 말을 다음과 같이 하였다.

"기계 문명의 산물인 우리들이 밤을 싫어하게 되면서 전등불을 사방에 켜 놓는 법석을 떨 때 밤의 신성함과 아름다움이 삼림과 바다로 패퇴하고 말았다. (…) 우리는 밤을 공경하는 것을 배워야 한다. 그리고 밤을 무서워하는 비천한 습관을 버려야 한다. 왜냐하면 인간의 경험에서 밤을 몰아냄으로써 인류의 모험에 깊이를 더해 주는 종교적 정서나 시적 분위기가 소멸되기 때문이다."

11. The Night Will Never Stay

Eleanor Farjeon(1881~1965)

영국 아동문학가·시인·극작가. 시문을 즐기는 가문에 태어나 일찍부터 아동문학가로 자리 잡았다. 많은 시집, 환상소설들을 써냈다. 출세작 *Martin Pippin in the Apple-Orchard*(1921)와 자신의 어린 시절을 회상하는 시들을 담은 *A Nursery in the Nineties*(1935)가 인상적이다.

밤의 어둠이 우리에게 불안과 두려움을 갖다 준다는 사람이 있는가 하면 어두운 밤의 아늑한 품 안과 은밀한 입김에 매료되어 밤을 놓치고 싶지 않은 사람도 있다.

이 시의 매력은 떠나가는 밤을 잡아 두기 위해 밤을 돕는 세 공조자(별, 밤바람, 달)를 동원하여 본다는 시인의 기발한 시상에서 시작된다.

기발한 시상이기는 해도 결국 그것은 떠나가는 밤을 붙잡아 주는 효율적인 방편이 되지 못한다. 그리고 효율적인 방편을 추구하는 것이 이 시의 궁극적인 목표가 아님도 우리는 안다.

밤과 일심동체인 별과 밤바람과 달에서라도 힘을 빌려 밤을 머물게 해봤으면 하는 모순투성이인, 그러나 애처로운 시인의 소원—그리고 소원을 단 한번이라도 표하는 것으로 족하다 하는 그의 시심을 보고 우리는 감탄할 따름이다.

12. My Shadow

Robert Louis Stevenson(1850~1894)

스코틀랜드 시인·작가. 노련한 영국 수필가 찰스 램(Charles Lamb)과 윌리엄 해즐릿(William Hazlitt)의 문체에 탄복하여 필로 문필 생활에 접어들었다. 그 후 시와 소설에도 손을 대어 늘 병약한 몸을 가지고도 많은 작품을 써

냈다.

A Child's Garden of Verses(1885)는 그의 어린 시절의 삶을 바탕으로 한 시들을 모은 것이다. 그는 유년기의 속성에 관해 중요한 수필 몇 편을 썼는데, 그런 데서 그는 어린이의 심정을 있는 그대로 묘사해 내는 특이한 능력을 보여준다. 그의 소년 소설 *Treasure Island*(1883)는 영국 낭만소설 전통의 부흥을 일으킨 작품으로 유명하다.

그의 많은 시에서 그러하듯 스티븐슨은 매우 명료한 산문 문체로 사실의 기술을 충실히 해나간다.

이 시의 화자에게는 그림자 하나가 마치 분신과도 같이 따라다닌다. 개인의 심령에서 갈라져 나온 한 지체로서의 분신이 아니라 화자의 육신을 항상 따라다니는 방관자와도 같은 분신이다.

그 그림자가 취하는 행동이 어린이인 화자의 취향에 맞지 않는 당돌한 짓을 많이 하기 때문에 화자를 자주 자극시키지만 어느 날 아침 (그림자가 따라갈 수 없는 해 뜨기 전 시간에) 화자는 이번에는 따라오지 않는 그림자를 보고 잠꾸러기라고 핀잔을 준다.

자신에게 충실하기만 한 그림자를 석연치 않은 이유로 핀잔을 주는 화자의 어린이다운 심성이 잘 나타난 시이다.

13. Me

Walter (John) De la Mare(1873~1956)

영국 시인·소설가·비평가(#6에서 작자 소개 참조). 영문학의 정통 낭만시의 전통을 밟고 시를 쓴 데라메어는 그의 시에서 불안과 걱정이 태산 같은 세상을 헤쳐 나가는 고독한 순례자들을 자주 화자로 내세운다. 그 여로에서 화자가 받는 위안이 있다면 그것은 자연이 열띠게 발하는 아름다움, 또는 희미하게나마 감지되는 몽상의 세계 같은 것이다.

자신의 삶에서 다른 사람의 개입됨이 없이 오로지 '나'일 거라는 시인의 말(제1연)은 많은 생각 끝에 나온 장쾌한 선포로 들린다. 혼탁한 세정 속에서 남들과 달리 이토록 독자(獨自)의 기개를 떨칠 수 있으니 얼마나 장한 인생인가!

오로지 '나'이기를 바라는 사람은 삶의 현장에서 자신이 어떤 존재인가를 물어야 하고, 그 해답을 위해 자신의 품성이나 능력을 알아내어 남과 자신을 구별해 내는 사람이다.

데라메어는 이 시에서 그러한 자신의 자력의존(self-reliance)을 제각기 독자성을 가지고 내세우며 자라는 나무와 꽃들에 비유하여 말하고 있다. 산야의 나무와 꽃들은 성장하면서 자신의 품성과 능력을 있는 그대로 발휘하고 남과 구별됨을 조금도 꺼리지 않는다.

인간의 독자는 생물의 그것과 달리 자신의 내적인 발전과 혁신을 지향하는 특색이 있다. 그런 점에서 진솔한 자아의식은 자기 사랑에만 집착하는 이기심이나 남에 대한 무관심과는 확실히 구별되어야 한다. 우리가 그 바탕을 아는 데라메어의 '나'는 진솔한 자아의식이다.

14. Dreams

(James) Langston Hughes(1902~1967)

아프리카계 미국 시인. 극작가 · 단편소설가 · 아동문학가 · 언론인으로 다방면의 작가 생활을 하였다. 특히 다작의 시인으로 알려져 있으며 시집 *The Dream Keeper and Other Poems*(1932)로 명성을 얻었다.

그는 시에서 풍부한 서정미를 내어 예술성을 높였다. 그리고 미국 역사를 통해 구조적으로 인종차별을 받아온 흑인의 영혼 세계를 깊이 있게 다루면서 흑인의 저항운동과 권리 주장을 위해 앞장서서 싸웠다.

탄탄한 구조와 간결한 문체로 된 2연의 짧은 이 시에서 휴스는 꿈을 잃은 인생이 얼마나 처량한가를 "날지 못하는 새", "불모의 들판" 등의 매서운 비유를 들어 말하고 있다. 이것은 시인이 아끼고 사랑한 당시의 흑인 종족들을 향해 부르짖은 애절한 메시지임에 틀림없다.

이로부터 약 30년 후인 1960년대에 킹(Martin Luther King Jr.)이 "I Have a Dream Today"라는 유명한 연설에서 여전히 인종차별의 굴레 밑에서 허덕이던 흑인 민중들을 설유한 것도 같은 의도에서였다. 흑인들은 각박한 현실을 박차고 나와 담대히 희망을 걸고 앞날을 생각할 의지와 용기가 필요한 민중들이라고 킹은 믿었던 것이다.

많은 사람들이 꿈을 지키지 못하는 것은 꿈이나 희망이 그들을 각박한 현실에서 얼른 건져 낼 능력이 있을까 하는 회의심에 늘 젖어 있기 때문이 아닐까. 그런 부정적인 회의심에서 벗어나려면 꿈이나 희망을 긍정적인 면에서부터 이해하기 시작하는 것이 중요할 것이다.

그리스 속담에 자면서 꿈꾸는 사람의 그물에는 늘 고기가 잡힌다는 말이 있다. 꿈속에 있는 우리는 꿈 바깥의 현실 세계에 있는 사람들의 능력을 능히 초월하기가 일쑤라는 것이다. 이는 꿈이 의외로 우리를 마음 편하게 하고 담대하게 만들기 때문이다. 현실 세계에서 우리가 꿈이나 희망을 안고 살면 자면서 꿈꾸는 사람이 받는 혜택과 비슷한 혜택을—우선은 심리적으로—받을 수가 있다.

중국의 문학가·사상가인 루쉰(魯迅)은 이런 말을 했다.

"희망이란 원래부터 있는 것이라고 말할 수도 없고, 없는 것이라고 말할 수도 없다. 그것은 지상의 길과 같은 것이다. 원래 지상에는 길이 없었다. 걷는 사람이 많아지면 그것이 길이 되는 것이다."

길이 내기에 따라 생기듯 꿈과 희망도 우리가 갖고자 해야 생기는 것이다.

15. Hold Fast Your Dreams

Louise Driscoll
이력 미상. 그의 시 "Hold Fast Your Dreams"는 *Favorite Poems Old & New*, selected by Helen Ferris(New York: Doubleday, 1957)에 게재됨.

이 시는 휴스(Langston Hughes)의 시 "Dreams"와 깊이 관련시켜 볼 만한 시이다. 휴스의 시가 꿈의 당위성을 말하는 시라면 드리스콜의 시는 꿈을 굳건히 지키는 방법론을 말하는 시이다.

사실 꿈이나 희망을 일시적으로 가슴에 품기란 그리 어려운 일이 아니지만 줄곧 마음에 담아 두고 지키기란 그리 쉬운 일이 아니다.

꿈은 그 속성이 은밀한 것이니 마음의 은밀한 곳에 간직해 두어야 한다고 시인은 말한다. 그런 곳에서 비호를 받게 되면 그 안에서 무성히 자랄 수 있는 것이 꿈의 특색이다. 마음 한 구석에 동떨어진 자리 하나를 지켜 둔다는 이 시의 메시지는 데라메어(Walter De la Mare)의 시 "Me"가 제시하는 자아의 세계와도 상통하는 생각이라고 느껴진다.

우리는 꿈을 잘 간직하여 내 것으로 키워야 한다. '나만의 꿈'이 되는 그날까지.

16. Keep a Poem in Your Pocket

Beatrice Schenk de Regniers(1914~2000)
미국 시인 · 저술가(#10에서 작자 소개 참조).

이 시에서 우리더러 호주머니에 시를 넣고 다니라고 하는 말은 드리스콜(Louise Driscoll)이 그녀의 시 "Hold Fast to Your Dream"에서 꿈을 우리 마음 한 구석에 간직해 두라고 한 말과 비슷한 울림을 준다. 드리스콜의 '꿈'이 좀 막연한 상념으로 들린다면 드 레그니어스의 '시'는 좀더 구체화된 객체를 말한다고 할 수도 있다.

시의 기능 또는 효용이 어떤 것인가에 대해서는 예로부터 많은 견해가 있어 왔다. 시가 우리에게 열락(悅樂)을 안겨 주며 세상 삶에서 오는 단조로운 감정이나 스트레스에서 해방시켜 준다는 것이 상당히 유력한 시 옹호론이었다. 시가 있음으로써 밤에 잠자리에 들어가는 우리가 쓸쓸한 느낌이 안 들게 된다고 드 레그니어스가 말하는 것도 같은 맥락의 시 옹호론이다. 그 찬부 여하를 막론하고 예나 지금이나 시를 옹호하며 살 수 있는 사람은 축복 받은 사람이다.

20세기 초반의 저명한 영국 시인 딜란 토머스(Dylan Thomas)가 우리의 현실 세계에 시(특히 좋은 시)가 해줄 수 있는 일이 과연 무엇인가에 대해 남긴 다음 소견은 우리의 공감을 충분히 얻을 만한 말이라고 생각된다.

"좋은 시는 현실에 마땅히 이바지가 된다. 좋은 시가 일단 세상에 덧붙여지면 그때부터 세상은 결코 같은 세상이 아니다. 좋은 시는 온 세상의 형상과 의미를 바꿔 놓는 데에 도움이 되며, 모든 사람이 자신에 대해 가진 지식이나 자기 주변의 세계에 대해 가진 지식을 더 넓히는 데에 도움이 된다."

17. Paper Boats

Rabīndranāth Tagore(1861~1941)

뱅골어로 글을 쓴 인도 시인. 시뿐만 아니라 극, 소설, 수필, 평론, 음악에 이르기까지 다방면에서 독창적인 작품 활동을 하였다. 자기 나라 밖에서는 그가 영어로 번역한 자작시로 많이 알려져 있으며 그 중 시집 *Gitanjali*(노래의 제물)가 1912년에 영국에서 출판되었다. 이듬해에 어린이 세계를 다룬 시집 *The Crescent Moon*이 나오고 같은 해에 아시아인으로는 처음으로 노벨 문학상을 수상했다.

영어로 번역된 그의 시는 서정미가 풍기면서 경건한 맛을 주는 산문체의 글인네. 이따금 잔잔하거나 황홀한 지경으로 접어드는 때도 있지만 글의 밑바닥에서는 언제나 활력이 떨어지지 않는다.

타고르는 1917년에 영국 왕으로부터 작위를 받았는데 2년 후에 영국이 인도에서 행한 정치를 보고 작위를 내놓음으로써 항의를 표한 애국지사이기도 했다. 뿐만 아니라 그는 바깥 세계의 약소한 나라에 대해서도 따뜻한 관심을 표하였다. 1929년에 4월 2일 동아일보에 게재된 그의 시에서 타고르는 아시아의 황금시대에 등불을 켜 드는 일역을 한 조선 나라를 내세우면서 그 등불이 다시 켜지기를 기다리는 희망을 보여준 시인이다.

🌱 작은 종이배를 마을의 시냇물에 띄워 바깥 세계의 낯선 나라로 보내는 화자의 행동 그 자체는 어찌 보면 순박한 어린이의 소꿉놀이

186

같은 한정성을 지니고 있다. 그러나 종이배를 날마다 하나씩 띄운다
는 꾸준한 지성이 그 행동에 신뢰와 신빙성을 더해 주기도 한다.

이 시에는 세 틀의 열린 비전이 깔려 있어서 읽는 사람으로 하여금
저도 모르게 비전이 가리키는 무한의 세계로 눈을 돌리게 만든다.

첫째로, 마을의 시냇물에서 배를 띄워 먼 낯선 나라로 보내는 화자
의 비전은 국지적인 소견을 떠나 국제적인 시야로 방향을 트는 중요
한 전환을 의미한다. 비좁은 고향 마을의 시냇물가만을 맴돌면서 평
생을 사는 수많은 인생들을 생각할 때 이 비전이 주는 유통감과 해방
감은 여간 큰 것이 아니다.

둘째로, 종이배를 시냇물에 띄우다가 우연히 하늘에 눈을 주는 순
간 화자가 자기의 배와 비슷한 돛배 모양의 구름을 보고, 거기서 그
돛배를 공중에 띄우는 자신의 놀이친구를 상상하는 장면을 생각해
보자. 이것 역시 무한한 해방감을 가지고 천지를 오르내리는 놀라운
상상력의 열매가 아니고 무엇이겠는가?

셋째로, 밤이 되어 앉은 자리에서 잠이 든 화자가 잠의 요정들이
꿈의 바구니를 싣고 가는 종이배를 꿈꾸는 장면은 평범한 낮의 세계
를 뚫고 나가 밤의 요정의 나라로 접어드는 진귀한 경험이다. 여기서
도 역시 무한한 상상의 능력이 율동하고 있음을 보게 된다.

타고르는 자신의 시문학의 주제를 "한정된 가운데서 무한함을 달성
하는 기쁨"이라고 정의한 바 있는데 이 시에서 바로 그런 것을 우리
는 경험하게 된다.

18. Travel

Edna St. Vincent Millay(1891~1950)

미국 여류 시인. 일찍이 뉴욕의 그리니치빌리지에서 활동하며 문명을 떨쳤
다. 제1차 세계대전 후 전쟁으로 피폐된 젊은 세대의 무상한 정열을 포착하
여 시에 옮겼다. 지극히 일상적인 소재를 통하여 개인적인 정서를 표출하려

드는 밀레이는 잔잔한 글의 밑바닥에 강렬한 정감을 깔아 넣는 솜씨가 있다.

관광 여행객들이 범람하는 오늘의 도시 풍경과는 거리가 먼 20세기 초엽 미국의 한적한 시골이다. 기차역 주변에서 오지도 않는 기차를 한량없이 기다리고 있는 화자의 안타까운 하루가 그의 넋두리 같은 말을 통해 사실적으로 혹은 상상적으로 그려진다. 사실과 상상을 타래의 실처럼 사리어 나가는 기교가 놀랍다.

온 나절 정거장을 지나가는 기차가 하나도 없는 현실에서 애절히 기차를 기다리는 화자의 귀에는 새된 기적소리가 쟁쟁 울려오고, 밤새도록 정거장을 지나가는 기차가 하나도 없는데 화자의 눈에는 기차의 연통이 뿜어내는 불꽃과 재가 환히 보이고 기관차가 증기를 뿜는 소리가 그의 귀에 마구 울려댄다.

화자가 이처럼 애타게 기차를 기다리는 이유는 무엇일까? 사람을 찾아 나서야 하기 때문이다. 멀리 어딘가에 가서 사귈 좋은 친구들, 또는 사귈 시간이 없어서 잘 알게 되지도 못할 좋은 사람들의 생각을 하면 벌써부터 가슴이 부풀고 뜨거워지는 것이다. 어디로 가는 기차든 상관없다. 그냥 이 여행길을 떠나고 싶을 뿐이다.

화자가 꿈꾸는 여행은 그야말로 사람이 그리워서, 어떤 모험이 그리워서 정처 없이 떠나는 여행이다. 오늘날 많은 관광 여행객들이 시도하는 프로그램 여행이 아니다. 관광 여행은 일정과 목적지가 정해져 있어 유한한 것이지만, 화자가 꿈꾸는 여행은 목적지 없는, 정처 없는 무한대의 여행이다. 그냥 떠나가는 감동만으로 족한 여행이다.

19. Leisure

William H. Davies (1871~1940)

영국 시인·작가. 22세 때 조모의 유산을 상속 받은 돈을 가지고 미국으로 건너가서 6년간 방랑 생활을 하던 중 달리는 기차에서 뛰어내리다가 오른발을 다쳐 무릎 위까지 다리를 절단하는 불행을 당했다. 의족을 하고 런던에 돌아와서 *The Autobiography of a Super-Tramp*(1908)라는 방랑자의 자서전을 냈다. 이 책은 오늘날 영국에서 자서전의 한 고전 작품으로 되어 있다.

첫 시집 *The Soul's Destroyer and Other Poems*(1905)를 자비 출판한 다음에도 많은 시집을 냈는데 거기에 들어 있는 시들은 도시 생활을 배경으로 한 사실적인 묘사가 특색을 이룬다.

그의 시 가운데 가장 많이 알려진 이 시는 다른 시들과는 달리 이상화된 농촌 세계를 배경으로 삼고 있다.

머릿속에서는 잔뜩 하고 싶은 일인데 여가 시간이 없다는 핑계로 감히 엄두를 못 내는 적이 한두 번이 아닌 우리의 현실. 지금 없는 여가 시간이 과연 언제쯤 우리를 찾아올 것인가.

데이비스의 이 시는 '여가 시간'에 대한 우리의 시각을 완전히 바꿔 놓으려는, 그리고 실행의 덕을 통해 우리의 삶의 모습을 온전한 방향으로 돌려놓으려는 메시지를 담은 시이다. 이 시에서 중심 역할을 하는 두 어구, full of care와 time to stand and stare가 각각 제1연과 마지막 제7연에서 반복된다. 많은 사람들이 시간이 없다고 하는 원인은 사는 일에 대한 근심에 차 있기 때문이며, 그러한 시각을 바꾸려면 우두커니 서서 뭔가를 바라다볼 마음의 여유를 가져야 한다는 것이다. 요는 가치 기준을 바꿈으로써 우리 삶에 여유와 정신적 풍요가 고이게 만들 수 있다는 것이다.

20. November

Alice Cary(1820~1871)

미국 여류 시인. 미개발된 미국 농촌의 어려운 환경에서 자라난 소녀 앨리스는 그나마 개척 농장 일을 보면서도 시적 성품을 지닌 아버지와 자녀들을 가르쳐 기르는 일에 헌신적이었던 어머니의 슬하에서 열심히 글을 배워 18

세 때 지방 신문에 자작시가 실리기까지 하였다. 그로부터 10년 후 네 살 아래 여동생 피비 캐리(Phoebe Cary)와 함께 첫 시집 *Poems of Alice and Phoebe Cary*를 냈다.

두 자매는 곧 뉴욕으로 올라가 문인 사회에서 글 쓰는 사람들과 교제하고 사회봉사에도 헌신하였다. 캐리의 시는 학식과 교양미를 다분히 풍기는데 오늘의 취향에 맞추어 보자면 글에 말수가 좀 많고 너무 교훈적이라는 느낌을 주기도 한다. 그러나 그녀의 시에서는 순수한 시정이 흐름과 동시에 자연을 순수하게 사랑하는 눈빛이 두드러지게 나타남을 볼 수 있다.

온 땅에 낙엽이 깔리고 음산한 하늘 아래 거센 바람이 불기 시작하는 11월은 인생에 회의를 느끼게 만드는 달인지도 모른다. 하루가 다르게 날이 빨리 어두워지고 추위가 성큼 다가서는 11월을 맞으면서 우리는 덜컥대는 가슴을 느끼기도 한다. 이 시가 시작되는 부분이 바로 그런 분위기이다. 그런데 제2연의 끝에 가서 이 시의 모티프가 되는 구절이 나오면서 우리더러 정신이 번쩍 들게 한다.

붉은 장미의 뿌리는
눈 속에서도 여전히 살아 있을 거라네.

그리고 같은 주제의 구절이 시의 말미에 가서 다시 한 번 우리의 기운을 돋우어 준다.

음산한 11월의 문턱에서 제시되는 장밋빛 내일은 공연한 말의 꾸밈은 아닌 것 같다. 이 시 전체를 통해 흐르는 생각의 기조가 생명을 향해 움직이는 자연, 그리고 그러한 자연의 어김없는 순환에 대한 믿음이라고 보이기 때문이다. 그래서 시인은 장쾌히 선포할 수 있다. "봄은 틀림없이 올 거라네."라고.

190

21. There Isn't Time

Eleanor Farjeon(1881~1965)
영국 아동문학가 · 시인 · 극작가(#11에서 작자 소개 참조).

🌱 인생 항로에서 노년기에 접어든 듯한 이 시의 화자는 이전에 욕망과 욕심을 가지고 살던 시절을 돌이켜보면서 앞으로 얼마 남지 않은 인생의 시간을 어떻게 즐기며 보낼까를 잠잠히 관조하고 있다.

프랑스의 철학자 루소(Jean-Jacques Rousseau)는 말하기를 사람이 열 살 때는 과자에 움직이고, 스무 살 때는 연인에, 서른 살 때는 쾌락에, 마흔 살 때는 야심에, 쉰 살 때는 탐욕에 움직인다고 하였다. 그런 것들이 한때는 삶을 삶답게 만드는 요인이었다.

한 걸음 더 나아가 향락, 희락, 술, 성전 건축, 부귀, 음악 등을 다 성취하여 인생에서 이루지 못한 것이 없다시피 한 솔로몬(Solomon)왕 같은 인물도 있었다. 그런데 그에게도 모든 것이 헛되기만 한 때가 왔었다. 그에게 남은 것이라고는 영원을 향한 소망, 신을 향한 동경뿐이었다.

파전의 시의 화자 역시 그런 단출한 마음가짐으로 시를 짓기 시작한다.

22. A Little Song of Life

Lizette Woodworth Reese(1856~1935)
미국 시인 · 교육자. 다년간 교사로 지내면서 시를 썼다. 시집으로 *A Branch of May*(1887)로부터 *The Old House in the Country*(1936)에 이르기까지 10여 권이 있다.

🌱 이 시는 겸손하고 기쁜 마음으로 인생을 보는 데서 시작한다. 첫

째로 이 천지에서 숨쉬며 살아 있는 피조물로서의 자신을 발견하게
되니 기쁘고, 새파란 하늘, 시골 오솔길, 푸른 초목에 내린 이슬을 보
는 것만으로도 반갑다. 우리는 여기에서 살아 있는 자연과 한 몸이
되어 호흡하는 한 사람의 인생을 보게 된다.

　제2연에서 시인은 해가 쪼이고 나면 비가 내리고 비가 내리고 나면
해가 쪼이는 대자연의 순환 원리에 따라 사람도 그런 방식으로 살아
야 한다고 말한다. 뜨겁게 해가 쪼이면 덥다고 아우성을 치고 궂은비
가 내리면 울상이 되기 일쑤인 우리 인간은 자연의 태연한 템포에서
침착과 자신감을 이어받을 수 있지 않을까?

　제3연에서 우리가 오직 할 일은 하늘로 더욱 가까이 오르는 일이라
는 시인의 말을 어떻게 받아들여야 할 것인가? 협의의 종교적인 해
석보다는 단테(Dante Alighieri)가 자연을 하나님의 예술이라고 말한
넓은 시각에서 생각해 볼 수 있겠다. 아니면 워즈워스의 '자연에의
경애심'의 자세를 생각해도 좋다.

　20세기의 미국 자연 저술가 해럴드 볼랜드(Harold Borland)는 자연
과 인간과의 의미 있는 관계를 다음과 같이 설파하였다.

　"인간은 현명하여 끊임없이 더 많은 지혜를 추구한다. 그러나 원천
을 다루는 궁극적인 지혜는 언제나 한 알의 씨앗에 맞물리게 된다.
이 우수의 가장 단순한 사실이 그 씨앗에 달려 있으며 동시에 그것은
이성이 아니라 믿음을 불러일으키는 것이 된다."

23. Beauty

Louise Abeita(일명 *E-Yeh_Shure*)
이력 미상. 그의 시 "Beauty"는 *Favorite Poems Old & New*, selected
by Helen Ferris(New York: Doubleday, 1957)에 게재됨.

　　정의를 내리고 기준을 잡기가 결코 쉽지 않은 것이 '아름다움'이

라는 말이다. 이 시는 '아름다움'을 적어도 세 가지로 나누어 정연히 다루고 있다.

첫째로, 우리의 눈을 즐겁게 하는 아름다움인데 농촌의 산천초목과 들에서 이마에 땀을 흘리며 일하는 사람들의 모습에서 그것을 찾아 본다.

둘째로, 우리의 귀를 즐겁게 하는 아름다움이다. 고요한 밤에 창문을 스쳐 가는 바람소리, 빗소리를 비롯하여 그윽이 들려오는 뻐꾸기 소리, 동네 교회당에서 들리는 성가대 노랫소리, … 이 밖에도 여러 곳에서 흘러나오는 음악소리들이 우리의 귀를 즐겁게 해준다.

끝으로, 인간의 마음과 행동에서 특이하게 나타나는 아름다움이다. 우리가 품는 꿈, 우리가 하는 일, 우리들 삶에서 되풀이되는 좋은 행실과 복된 생각들 속에서 아름다움을 발견한다. 이런 상황을 좀더 설득력 있는 말로 풀이한 괴테(Johann Wolfgang von Goethe)의 소견을 인용하고자 한다.

"보람 있는 일에 복종하는 것이 인간의 지혜이다. 그 일을 방해하는 것들을 정복해 나가는 것이 곧 생활이다. 정복 없이는 생활의 내용을 얻지 못한다. 생활을 내 것으로 하자면 정복이 필요하다. 우리의 하루는 정복의 노력으로 빛나야 한다. 나는 이 순간에 관하여 말하고 싶다. 순간은 참으로 아름답다. 내가 하고 싶은 것을 위해서 공부하고, 일하고, 노력하는 이 순간이야말로 영원히 아름답다."

24. Pebbles

Valerie Worth (1933~1994)

미국 여류 시인. 일상생활에서 우리 주변에 산재해 있는 작은 사물, 생물들—빗자루, 옷걸이, 전봇대, 딱정벌레, 조개, 벼룩, 파리 등—을 맑은 언어와 이미지를 동원하여 그려냄으로써 질박한 소재 대상물에서 뜻밖의 생명감을 찾아내는 시들을 많이 써냈다. 시집 *Small Poems* (1972), *More Small*

Poems(1976), *Still More Small Poems*(1978)가 있다.

강가나 바닷가를 맨발로 물을 걷어차며 걸어 본 사람이라면 반들 반들한 잔돌들이 수없이 발에 채이거나 밟히는 경험을 했을 것이다. 그 모양이나 색깔이 너무 마음에 들어 두서너 개 집어 올리고 싶은 충동도 느꼈을 것이다.

발레리 워스는 이 세상 온 물가에 널려 있는 질박한 조약돌들을 이런 저런 각도에서 세심히 들여다보고 그 하나하나에 우리가 혹시 놓치고 있는 신비로운 자질이 숨어 있지 않을까 생각하는 깊은 사색의 시인이다.

시인은 간결하면서도 진지한 문체를 통하여 값으로 치면 대단치도 않은 조약돌을 집는 우리의 결심에 값진 중요성을 가해 주는 숨은 능력의 소유자이다.

우리가 인생길에서 했어야 했던 수많은 작은 결심이나 선택들을 워스의 조약돌로 대입시켜 본다면 집었어야 할 잔돌들을 우리가 얼마나 많이 무시하고 지나갔던가? 그리고 우리가 그와는 반대로 집지 말았어야 할 잔돌들을 얼마나 많이 주워 담았던가?

25. I Wandered Lonely as a Cloud

William Wordsworth(1770~1850)
영국 시인(#4에서 작자 소개 참조).

🌷 유명한 시집 *Lyrical Ballards*의 제2판(1800) 서문에서 워즈워스는 자기 특유의 시론을 전개하면서 이 시가 어떻게 생성되었는지를 보여준다.

Poetry is the spontaneous overflow of powerful feelings: It takes its origin from emotion recollected in tranquility.
시는 강렬한 감정의 자연스러운 범람이다. 그것은 평정한 가운데 회상되는 정서에서 시작되는 것이다.

기록에 의하면 워즈워스가 실제로 물가에서 한 떼의 수선화를 보고 감동을 받은 것은 2년 전의 일이었으며 그 후 어느 날 고요한 마음으로 회상에 잠겨 있다가 강렬한 감흥이 일어 시를 쓰게 된 것이라 한다. 말하자면 시상은 시인이 의도적으로 아무 때나 잡아 끌어낼 수 있는 것이 아니라는 것이다.

구름처럼 외로이 떠돌고 있던 한 젊은 시인이 물가에서 수선화 한 떼를 보는 순간 저도 모르게 그 산들바람에 생동하는 꽃들과 흔쾌한 한 동아리가 되었다는 것이 이 시의 절반 이상을 차지하는 내용이다. 그런데도 시인은 그 즐거운 구경거리가 자신에게 어떤 마음의 만족을 가져다주었는지를 알지 못하고 있다.

그러다가 어느 후일 멍하니 앉아서 고요히 회상에 잠겨 있는 순간 그의 '마음의 눈'에 지난날의 흔쾌한 추억이 번개처럼 스쳐 들어와 시인은 기쁨으로 가슴이 벅차올랐던 것이다. (제4연에서 시인이 그 내용을 고백인양 비추고 있다.)

이 시의 창작 과정은 차치하고 우리가 이 시를 즐겁게 읽으려면 특히 제2연과 제3연을 통해 수선화들이 생동하는 모습 하나하나를 머릿속에 그리면서 심취되어야 하는 것이다.

26. Stopping by Woods on a Snowy Evening

Robert Frost (1874~1963)

미국 시인. 샌프란시스코 출신임에도 동부에 가서 교육을 받았으며 젊어서 한동안 농업에 종사하다가 영국에 건너가 살았다(1912~1915). 그때 시인 에즈라 파운드(Ezra Pound)를 만나면서 능력을 인정받아 시인으로서 명성을 얻게 되었다. 두 번째 시집 *North of Boston*(1914) 이후로 미국 시인들 가운데 가장 명성이 높은 시인 중 한 사람이 되었다.

뉴잉글랜드의 풍경에 뿌리를 둔 그의 시는 쉬운 말과 전통적인 음운을 쓰므로 난해한 현대시의 경향과 대조를 이룬다. 그러나 간결하면서도 함축성이 있는 그의 언어 때문에 독자들은 그의 시에서 밑바닥에 깔린 뜻을 놓치는 경우도 적지 않다.

🌱 이 시의 중요한 대목 하나는 화자가 눈이 차오르는 숲에 매료되

어 행보를 멈추었다는 사실이다. 제목의 Stopping by Woods(숲가에 멈춰 섬)라는 부분이 특별한 의미를 품고 있다. 그냥 서 있는 동작이 아니라 속히 가야 할 길을 멈추고 서 있는 것이다. 무엇 때문이냐 하면 자연의 정경에 매료되었기 때문이다.

이것은 아무에게나 일어나는 일이 아니다. 제아무리 아름다운 정경이 눈앞에 있다 해도 그것이 눈에 들어오지 않으면 있으나마나한 정경이다. "우리는 우리의 눈을 가지고 자연을 보는 것이 아니라 우리의 이해심과 우리의 가슴을 가지고 자연을 본다."고 영국의 문인 윌리엄 해즐릿(William Hazlitt)이 말한 바 있다.

이 시에서 다음으로 중요한 대목은 자연에 일단 매료된 화자가 저녁의 고요 속에서 숲의 아름다움을 만끽하며 즐기는 순간이다. 그는 감격스레 자신에게 말한다.

The woods are lovely and dark and deep.
숲은 멋지고 컴컴하고 그윽하네.

이 시를 읽는 독자로서 화자가 느끼는 그런 감흥을 가지고 그의 말을 되뇔 수 있다면 정말로 흡족한 감상을 한 것이라 말할 수 있지 않을까?

마지막으로 이 날 저녁의 바쁜 여정에도 불구하고 숲가에 멈춰 서서 귀한 시간을 즐길 수 있었던 화자는 윌리엄 H. 데이비스(William H. Davies)의 시 "Leisure"(#19)의 화자가 가진 가치관을 방불케 하는 데가 있다.

27. It Fell in the City

Eve Merriam (1916~1992)
미국 여류 시인. 어린이를 위해 50여 권에 달하는 전기, 화집, 시집 등을

냈다. 시집으로는 *There Is No Rhyme for Silver*(1962), *It Doesn't Always Have to Rhyme*(1964), *Fresh Paint*(1986)가 있다. 메리엄은 전통적인 동시 대신에 현대 사회 빈민가에서 일어나는 악덕들을 그리는 것을 선호하여 그의 시집은 한때 학교 교실과 도서관에서 금서 취급을 받기도 하였다.

   눈은—특히 밤새 가만히 오는 눈은—비와는 달리 우리에게 기쁨과 놀라움을 갖다 준다. 어찌 보면 영물 같은 데가 있다. 이런 놀라운 경험을 담은 이브 메리엄의 시는 많은 사람들의—특히 어린이들의—사랑을 받을 수 있는 시라고 생각된다. 이 시에는 snow라는 단어가 전혀 나오지 않으나 먼지 낀 도시 전체가 하얀 눈에 덮였다는 암시가 너무나도 자명하게 나타난다.

밤새 내려서 앞마당도, 지붕도, 장독 위도, 개집 위도 하나같이 하얗게 덮어 버리는 하얀 눈은 온 세상에 위안과 평화를 주는데, 만약 눈의 색깔이 하얀색이 아니고 붉은색, 푸른색, 검은색이라면 얼마나 끔찍할까?

이 시에서 되뇌는 "All turned white(모두 하얗게 변했네)"는 여러 모로 우리가 조물주에게 감사해야 할 대목이 아닐까 한다.

28. February Twilight

Sara Teasdale(1884~1933)

미국 여류 시인. 엄격한 규율을 지키고 과잉보호를 하는 부모 슬하에서 병약한 몸으로 자라난 티즈데일은 중년기부터 심한 우울증에 시달리다 끝내 자살로 일생을 마쳤다. 영국 여류 시인 크리스티나 로세티(Christina Rossetti)와 미국 여류 시인 에밀리 디킨슨(Emily Dickinson)의 영향을 많이 받았다.

Love Songs(1917), *Poems in Flame and Shadow*(1920) 등에서 음악성이 풍부한 서정시로 이상적인 사랑과 아름다운 자연을 많이 다루다가 후에는 죽음의 주제로 방향을 돌렸다. 특히 20세기 초엽에 많은 독자들의 사랑을 받았다.

대화를 꼭 말로 해야 한다는 생각은 전적으로 맞는 것이 아닐는지도 모른다. 눈으로 하는 대화도 있기 때문이다. 때로는 눈으로 맞추는 대화가 더 강한 유대를 약속해 줄 수도 있다.

티즈데일의 시에서 화자와 외로운 저녁별이 경험하는 눈맞춤은 그야말로 하늘 아래 어떤 목격자도 없는 둘만의 비밀스러운 만남이다. 아무도 없는 차가운 하늘에서부터 저녁별의 시선이 떨어져 내려와 차가운 언덕가에 서 있는 여인의 시선과 마주칠 때 거기에는 어느 누구도 모르는 흥분의 번득임이 있지 않았을까?

29. I Heard It in the Valley

Annette Wynne

이력 미상. 그의 시 "I Heard It in the Valley"는 *A Small Child's Book of Verse*, compiled by Pelagie Doane(New York: Oxford University Press, 1948)에 게재됨.

봄이 오기를 기다리는 마음은 이 세상 어느 누구나 품는 간절한 소망이다. (다만 봄과 겨울의 분간이 뚜렷하지 않은 기후대에 사는 사람들만은 예외가 될지도 모르지만.) 그래서 사람들은 봄의 소식을 알리는 자연의 온갖 조짐에 대해 신경을 돋우게 되는 것이 아닐까?

노란 민들레꽃이 들에 피어나면 봄이 오는 줄 알게 되고 강남 갔던 제비가 돌아와서 처마 밑에서 짹짹 울어대면 그것 또한 봄이 온다는 조짐이다. 조짐이 어찌 그것뿐일까?

아네트 원은 봄이 오는 소식을 골짝에서 들었다고 한다. 그 소리를 12행이나 되는 시의 말로 표현하는 사연은 무엇일까?

처음에 그 소리는 들렸다 말았다 하는 단속적이며 미미한 소리였을지도 모른다. 좀더 귀담아 들으면 주기적으로 연속되는 툭툭 소리로 바뀔 것이다. 그런 소리가 언덕 위에 서 있는 앙상한 나무들에서도 들리는 듯할 것이다. 그러다가 마침내 물이 솟기 시작하는 소리로 분명히 들릴 것이다. 틀림없는 봄의 기별인 것이다.

이런 점고(漸高)하는 봄의 소식을 음악에서 말하는 크레셴도(crescendo, 점강음)의 기법을 받아 쓴 것이 시인의 12행이 아닐까 싶다.

30. Written in March

William Wordsworth(1770~1850)
영국 시인(#4에서 작자 소개 참조).

제목부터 스케치풍이라는 느낌을 주는 이 시는 읽어 갈수록 씹히는 맛이 더해지는 묘미 있는 시이다. 투명한 단문(장)들이 죽 나열되어 구성이 단순하면서도 산만한 듯이 보일는지 모르지만 3월의 풍경을 유유히 굽어보며 느끼는 대로 옮겨 적은 스케치가 이 시가 나직이 의도한 바가 아니었을까?

워즈워스의 대표작으로 꼽히지는 않지만 시의 한 행 한 행이 무리가 없이 명쾌히 흘러가는 봄의 교향곡이라고 일컫고 싶은 시이다.

31. The First Swallow

Charlotte Smith(1749~1806)
영국 시인·소설가. 소설가로 더 많이 알려져 있으나 산문 소품이나 시도 써서 생전에 상당한 성공을 이룬 문인이다. 초년에 *Elegiac Sonnets*(18행 만가)라는 시집으로 문단에 길을 텄으며 시가 자연스럽고 감동적이라는 평을 좀더 이름난 시인 리 헌트(Leigh Hunt)로부터 듣기도 하였다.

해마다 때가 되면 어김없이 찾아오는 제비. 그가 찾아오는 때가 들에 꽃들이 화려하게 피고 나무들에 싹이 트는 철이니 더욱이 반갑다.

4월에 와서 여름내 초가지붕 밑에 둥우리를 짓고 사는 것이 제비들의 습성이니 기왕이면 우리 집 지붕 밑에 와서 둥우리를 지어 달라는 것이 이 시의 화자의 소원이다. 동이 틀 무렵에 지붕 밑에서 나직이 들려오는 제비의 즐거운 지저귐을 들어본 사람만이 그 소원의 간절함을 알 수 있을 것이다.

지붕 없는 고층 아파트에 차곡차곡 들어 앉아 사는 현대인의 삶이 잃은 것들을 말하라면 아마 처마 밑에서 들려오는 제비의 지지배배도 그 하나에 들어가리라.

32. Snail

(James) Langston Hughes(1902~1967)
미국 시인(#14에서 작자 소개 참조).

장미 나뭇가지 위에 앉은 달팽이 한 마리를 보고 그의 온 세계와 그의 온 삶을 사랑의 붓끝으로 그린 휴스의 이 서정시는 세상을 보는 아름다운 눈이 진정 세상을 아름답게 만든다는 진리를 터득케 한다.

달팽이는 원래 그 모습이 아름답다고 할 것은 못 된다. 어찌 보면 거북이의 작은 사촌 같아서 머리는 들랑거리고 걸음은 굼뜨고 더디다. 시인이 달팽이를 보고 "너는 꿈을 꾸며 가는구나."라고 시작한 것은 달팽이의 그런 느린 걸음, 아니면 잠이 덜 깬 듯한 걸음걸이를 귀엽게 표현한 것이 아닐까? 어쨌든 "꿈을 꾸며" 가는 달팽이의 상(像)은 잠이 덜 깬 듯한 그의 육신의 모습에서 한결 승화된 아름다운 상임에 틀림없다. 왜냐하면 휴스의 시에서 '꿈'이라는 말이 아름다움의 극치로 해석되는 말임을 우리는 이미 알고 있기 때문이다.

시인은 그 다음에 꿈을 꾸던 달팽이가 이슬방울을 머금고 있는 순간을 본다. 이슬방울은 생수를 귀히 여기는 우리 시대의 눈으로 보아도 정결하기 짝이 없는 것이다. 정결한 이슬을 머금고 사는 달팽이의 삶은 그 이슬에 담긴 신비 때문에 저토록 늘 한가롭고 유유한 것일까?

날씨와 장미가 전부인 달팽이의 삶은 어떤 삶일까? 그가 아는 날씨란 고작해야 해가 쪼이는 날씨와 비가 오는 날씨일 것이다. 철갑 같은 옷을 입고 태어난 그는 어떤 날씨에도 구애를 받지 않는다.

장미 나뭇가지에는 꽃향기가 그윽하여 좋을 때도 있겠지만 가는 데마다 날카로운 가시가 기다리고 있다. 달팽이는 그 두 가지를 다 지니고 능히 살 수 있는 존재이다. 가시밭에서도 끄떡도 않고 꿈을 꾸며 유유히 가는 휴스의 달팽이가 당신은 부럽지 않은가?

33. Silver

Walter (John) De la Mare(1873~1956)
영국 시인 · 소설가 · 비평가(#6, #13에서 작자 소개 참조).

고금동서의 많은 시인들이 밤하늘을 밝히는 달을 보고 시를 읊었다. 그런데 시인들의 시선은 거의 모두가 야광의 발원체인 달에 모여졌지 달이 천지 만물에 골고루 비추는 '은빛'을 공들여 다룬 시는 별로 많지 않은 것 같다.

데라메어의 시는 그런 점에서 독보적인 자리를 차지하는 시이다. 만물이 은빛으로 변한 밤의 세계는 섬세한 마음의 시인만이 감지하는 비밀의 세계인 것이다. 만물이 은빛으로 하나씩 물들어 가는 과정에서 들쥐의 "발도 은빛이요 눈도 은빛"이라고 한 대목은 특히 절묘한 묘사라고 말할 수 있다.

34. The Secret Song

Margaret Wise Brown(1910~1952)

미국 시인·아동문학가. *The Runaway Bunny*(1941), *Goodnight Moon*(1947) 등 토끼의 이야기를 다룬 작품들 외에 많은 그림책을 냈다. 단순한 동화의 세계를 넘어 어린이들이 당면하는 현실 세계를 그려 냈다.

🌱 대자연이 구석구석에서 은밀히 운행되어 가는 순간들을 정밀한 카메라로 포착하는 듯한 시라고 말할 수 있다. 이런 순간들을 음미하며 사는 사람이 곧 진솔한 시인의 눈을 가진 사람이 아닐까?

자연의 비밀스러운—또는 놓쳐진—양상들을 우리 인간들에게 알려줄 때 인간의 대표가 아니라 천연의 짐승들을 증거자로 내세우는 이 시인의 상상력에는 놀라운 재치와 유머가 엿보인다.

증거자들의 하나하나—거미, 물고기, 비둘기, 올빼미, 여우—가 자신만이 자연의 내밀을 알고 있다고 표하는 것을 볼 때 긍지를 가지고 증거하는 짐승 하나하나와 야외 세계를 존엄과 사랑을 가지고 대하는 시인의 마음씨가 흐뭇하게 느껴진다.

35. The Violet

Jane Taylor(1783~1824)

영국 아동문학가·시인. 언니 앤(Ann Taylor, 1782~1866)와 함께 어린 독자들을 위해 시를 쓴 영국 최초의 문인으로 알려져 있다. 그들이 발표한 첫 시집 *Original Poems for Infant Minds*(1804)는 유럽의 여러 나라 말로 번역되었다. 1806년에 나온 시집 *Rhymes for the Nursery*에는 매우 널리 알려진 동요 "Twinkle, Twinkle, Little Star"의 노랫말인 동시 "The Star"도 들어 있다. 그들은 고전이 될 만한 동시를 많이 내어 영국 아동문학에 지대한 영향을 끼쳤다.

제인 테일러의 "The Violet"는 계곡 아래에 홀로 핀 야생화의 자태에 대한 사실적인 묘사를 준수하게 시도한 작품으로 일단 평가할 수 있다. 그런데 동시대의 시인 워즈워스(William Wordsworth)의 자연관에 상당히 동조된 듯한 테일러는 맵시 고운 한 소박한 야생화에게 영적인 자질을 부여함으로써 한 차원 높은 의미의 시를 창출하였다.

비록 그늘 진 언덕 바닥에 자라나기는 했어도 맑고 고운 색깔로 돋보이는 이 제비꽃은 꽃의 왕인 장미와도 견줄 수 있는, 아니 장미의 방에 들어가서 그 방을 빛내 줄 수도 있을 만큼 예쁜 꽃이다. 그러나 꽃은 그것에 만족하지 않는다. 오히려 꽃은 자신이 태어난 고적한 환경에서 달콤한 향기를 풍기는 일이 더 마음 편한 듯하다.

제비꽃에서 가장 값지게 보이는 이 향기로운 겸허의 자질에 고개가 수그러지는 시인은 그것을 삶에서 배워 보고자 계곡으로 꽃을 찾아가는 것이다.

36. Our Tree

Marchette Chute (1909 ~ 1994)
미국 아동문학가 · 역사소설가 · 전기 작가. 역사성에 치중하는 아동문학 서적을 냈다. 가장 영향력이 컸던 역사소설은 셰익스피어를 중심으로 한 것으로 *Shakespeare of London* (1950)이라는 전기가 특히 유명하다. 셰익스피어의 희곡들을 어린이를 위해 산문 이야기체로 쓴 *Stories from Shakespeare* (1956)도 있다.

동요의 문체로 된 이 시는 어린이 화자의 시각을 통하여 그의 집 사과나무가 계절마다 새롭게 나타내 보이는 모습을 그리고 있다.

어린이가 본 그대로 적은 자연의 정경인지라 표현이 대체로 정직하고 꾸밈이 없어 산뜻한 맛을 준다. 그러나 때로는 어린이의 정직한 표현력을 넘어서서 "꽃잎들이 소나기처럼 쏟아"지는 봄철의 사과나무, "잎사귀 칸막이가 쳐져 있"는 신록 계절의 사과나무, 가지에 열린 사과가 "발끝에 뒹굴다시피 와 닿"는 가을철의 사과나무 등의 표현은 시인의 정묘한 손길이 닿았다는 분명한 형적이다.

37. What is Pink?

Christina Rossetti (1830~1894)
영국 여류 시인(#8에서 작자 소개 참조).

색깔은 우리 삶에서 한없이 다양하고 깊은 의미를 갖는다. 영국의 저술가 체스터턴(G. K. Chesterton)은 "이 온 세상을 조물주께서 여러 가지 색깔로 칠해 놓으신" 것이라고 말하였다. 그리고 영국의 수필가 애디슨(Joseph Addison)은 말하기를 "색깔이 모든 언어를 말해준다"고 하였다.

분수대 곁의 장미꽃이 핑크색이라고 할 때 그 색깔 자체가 피조물인 장미꽃의 근본 또는 정체를 말해 주는 것이 된다. 그리고 핑크색을 한 장미꽃은 세계 어느 나라에 가도 '핑크색 장미'로 통용되는 만인 공통의 대접을 받는다.

로세티는 이처럼 호소력이 강한 색깔의 능력을 원용하여 찬란한 자연의 얼굴들을 하나하나 점검하면서 우리가 사는 이 세상 삶을 찬미하고 공경하기에 마땅한 이유를 제시해 주고 있다.

색깔이 말해 주는 모든 인이에는 어른들이 쓰는 말과 아이들이 쓰는 말까지도 포함시켜 생각할 수가 있다. 어린이의 정서와 감정에 익숙하였던 로세티라면 분명히 동심의 세계를 겨냥하고 이 오색찬란한 시를 썼다고 할 수도 있을 것이다.

38. The Lamb

William Blake (1757~1827)

영국 시인 · 화가 · 판화가 (#1에서 작자 소개 참조).

🌱 이 시는 시선집 *Songs of Innocence*(1789)에 포함된 것으로 블레이크의 신앙적 순정을 잘 나타내 주는 작품이다. 이 시의 화자가 순진한 한 어린이로 되어 나온다는 것은 주목할 만한 점이다.

예수가 '어린양'이라는 이름으로 불리게 된 근거는 우선 신약성경에서 찾아볼 수 있다. 사도 요한은 예수가 자기에게 나옴을 보고 "보라, 세상 죄를 지고 가는 하나님의 어린양이로다."(요한복음1:29)라고 선포하였던 것이다.

사도 요한이 예수 그리스도를 어린양으로 본 것은 이스라엘의 역사와 문화에 바탕을 두고 있다. 구약성경에서 자주 언급되듯이 고대 유대 민족은 흠 없는 양이나 염소를 잡아 죽여 하나님께 제물로 바침으로써 사람들이 지은 죄를 사함 받는 종교 의식을 치렀었다.

예수가 '어린양'과 연계되는 또 하나의 연유는 어린아이로 예수가 이 땅에 탄생하였을 때 들에서 양을 치는 목자들이 천사들로부터 그

소식을 맨 먼저 전해 들었다는 데에 있다. 그리고 예수의 성품이 '어
린양'처럼 유순하고 온화하다는 근거는 신약성경 구절 "나는 마음이
온유하고 겸손하니 나의 멍에를 메고 내게 배우라. 그러면 너희 마음
이 쉼을 얻으리니."(마태복음11:29)를 비롯하여 신약성경의 여러 군데
에서 밝혀진다.

39. The Clod and the Pebble

William Blake(1757~1827)
영국 시인 · 화가 · 판화가(#1에서 작자 소개 참조).

🌱 1789년에 시선집 *Songs of Innocence* 를 내고 5년 후인 1794
년에 블레이크는 증보판으로 2권으로 된 *Songs of Innocence and
Songs of Experience, Shewing the Two Contrary States of the
Human Soul* 을 펴냈다. 먼저 *Songs of Innocence* 가 하늘나라의
상징적 표상이 되는 어린이와 그의 순결한 영혼을 다룬 반면 *Songs
of Experience* 는 그와 정반대가 되는 인간의 심성, 즉 죄악, 위선,
부정, 잔인, 폭행, 사기 등을 다루었다.

블레이크의 이 시는 *Songs of Experience* 에 들어 있는 것인데 그
원천은 블레이크의 또 다른 시 "The Book of Thel"(1789)에도 나타
난다. (이 시에서 Thel이라는 처녀가 강가에 앉아 구름과 백합꽃과 진흙덩
이를 보면서 인생의 무상함을 한탄하는 장면이 인상적이다.)

우리 삶에서 '사랑'처럼 자주 오용 되는 말도 없을 것이다. 블레이크
는 이 짧은 시에서 인간의 '사랑'의 상반되는 모습을 파헤쳐 진정한
사랑이 어떤 것인가를 말해 주고 있다.

진흙덩이가 내세우는 인간의 '사랑'은 주로 자기 자신을 죽이고 남
을 위해 하는 사랑이다. 이것은 상당한 고난과 희생을 전제로 하는
사랑이다. 그리고 그 희생은 괴로움을 넘어 기쁨과 행복으로 느껴지

는 단계에까지 오르게 되어 있다.

　예수 그리스도는 그의 백성들에게 밀알이 살아남는 진리를 제시하면서 자기를 죽이는 사랑을 펴냈다. "한 알의 밀이 땅에 떨어져 죽지 아니하면 한 알 그대로 있고 죽으면 많은 열매를 맺느니라."(요한복음 12:25)

　프랑스의 소설가 로맹 롤랑(Romain Rolland)도 이와 유사한 사랑을 말한 바 있다. "사랑은 그것이 희생일 때 이외에는 사랑이라는 이름에 적합하지 않다."

　시냇물의 조약돌이 주장하는 인간의 '사랑'은 자기 자신의 즐거움을 위주로 하는 사랑이다. 자기의 한 몸, 자기의 일만을 생각하는 이기적인 사랑이 여기에 속한다. 여기에는 탐욕, 오만, 시기, 위선 등의 악덕이 함께 얽혀 있다.

　자기의 몸을 생각하는 것 자체가 반드시 나쁜 것은 아니다. 사람이 자기 자신을 사랑하는 것은 본능이다. 사람은 누구나 자기를 사랑하고 자기의 행복을 추구할 권리가 있다. 그러나 자기를 사랑하는 정도가 너무 커져서 남을 사랑할 여지가 없게 되거나 남을 사랑하는 일이 어리석은 짓으로 보이게 되어서는 안 되는 것이다.

　블레이크가 이 시에서 희생적인 사랑을 들에서 짓밟히며 사는 흙넝이가 말하게 하고 자애적인 사랑을 시냇물 속에 편안히 앉아 있는 조약돌이 말하게 만든 것은 그의 뛰어난 통찰력을 말해 주는 것이다. 왜냐하면 사람은 어려운 환경일수록 사랑을 더 나누어 살게 되며 자기 몸이 편해질수록 남과 사랑을 덜 나누기 때문이다.

40. Indifference

G. A. Studdert Kennedy(1883~1929)
영국 시인·성직자. 제1차 세계대전 중 군목으로 종사하는 동안 전선에서 담배를 많이 나누어 주어 장병들 사이에서 인기가 많았다. 그는 현실 생활의

시각에서 신앙을 다루어 많은 사람들의 공감과 사랑을 받았다. 일반 병사들이 겪은 전쟁 경험을 생생하게 기록한 시집 *Rough Rhymes of a Padre*(1918)가 있다.

🌾 골고다의 언덕 위에서 십자가에 매달린 예수의 고난을 둘러싸고 제기되는 인간의 잔혹하고 무심한 속성을 파헤친 시이다.

골고다는 예루살렘 성 밖 언덕을 뜻하는 히브리 이름(마태복음 27:33)인데 영어 성경은 누가복음 23장 33절에서 같은 장소를 Calvary라고 번역하였고 한글로는 '갈보리'라고 기술된다.

시인은 성직자로 있기도 하였지만 이 시의 제1연에서 십자가 사건을 구세주 예수가 백성을 위하여 당하는 의로운 수난으로 보기보다 예수에게 가혹한 해를 가하는 유대 대적자들의 잔인성이 상징화된 사건으로 그려 보인다.

제2연은 장면을 20세기 초로 옮겨 영국 제2의 대도시 버밍험에서 이 땅에 가상적으로 온 예수가 받는 고난을 기술하고 있다. 이 날에 예수에게 핍박을 가하는 군중의 행동은 예수 생존 당시 군중들의 행동과는 전혀 다르다. 냉랭한 태도로 예수를 대하고 비오는 길거리에 그를 내버려 두고 지나가는 무심하고 비정하기 짝이 없는 군중—이것이 물질문명의 산물로 자라난 사람들의 진면모이다.

예수를 핍박하는 자들을 그렇게 만든 가장 큰 원인은 무엇이었던가? 십자가 위에서 예수 자신이 울부짖어 말하였듯이 그들은 자기들이 하는 것을 알지 못하였던 것이다. 무지함과 무심함이었다.

그리하여 예수는 예나 지금이나 무지함과 무심함이 팽배하는 이 지상의 사람들을 위하여 변함없이 외쳐대신다. "저들을 사하여 주옵소서. 자기들이 하는 것을 알지 못함이니이다."

41. My Gift

Christina Rossetti (1830~1894)

영국 여류 시인(#8에서 작자 소개 참조). 정치적 자유를 위해 평생 투쟁하던 아버지와 종교적으로 엄격히 경건을 지키던 어머니의 슬하에서 자란 그녀의 글에는 강건한 신앙적 양심과 사회적 정의감 같은 것이 스며 있다. 짧게 해외여행을 두 번 다녀온 것 말고는 평생 어머니와 함께 집에서만 살며 독학을 하였던 그녀는 성경의 영향을 많이 받았고 교양서로 아우구스티누스(Augustine), 플라톤(Plato), 단테(Dante) 등을 탐독하였을 뿐만 아니라 영국 신앙시인들(John Donne, Geroge Herbert 등)과 19세기 낭만시인들의 영향도 많이 받았다. 독신으로 일생을 마쳤지만 그녀는 때로는 이름 모를 그 누구를 향해 애정을 쏟아 붓는 시들—"A Birthday", "Remember", "Song: When I Am Death" 등—을 쓰기도 하였다.

이 시는 일종의 신앙고백의 시라고 말할 수 있겠다. 여기에서 "Him(그분)"은 물론 절대자인 하나님 또는 예수 그리스도이다. 믿는 자가 늘 마음에 두고 있는 생각이 있다면 앙모하는 하나님에게 정성된 예물을 바치는 일일 것이다. 그러므로 "그분께 무었을 드릴 수 있을까?"라고 화자가 자신에게 묻는 첫 마디는 많은 생각으로 가중된 질문임에 틀림없다.

하나님에게 정성된 예물을 바쳤던 전례로 어떤 것이 있을까? 시인은 목자와 현자를 들어 본다.

첫째로 자기가 양치는 목자(a shepherd)라면 어린양 한 마리를 바쳐 드리겠노라고 한다. 구약성경에 처음으로 나오는 목자는 아담의 둘째 아들 아벨이었다. 여호와께서는 아담의 맏아들 가인이 바치는 농산품 제물보다 아벨이 바치는 어린양 제물을 더 기꺼이 받으셨다 (창세기4:4). (그 후 신약성경에서 목자와 어린양은 수다히 상징적 의미를 띠게 되지만 그 모두가 갈 길을 못 잡는 어린양을 양육하는 선한 목자 또는 그리스도의 표상으로서 초점이 두어진다.) 어쨌든 이 시에서 목자가 바치는 어린양 예물은 엄연히 물질의 선물이다.

둘째로 자기가 현자(a wise man)라면 맡은 본분을 다할 것이라 화자는 말한다. 현자의 유래도 성경에서 찾아볼 수 있다. 유대 나라에 새 임금이 태어났다는 소식을 듣고 동방에서 예루살렘으로 찾아온 박사들(the Magi)이 바로 현자들이다. 그들이 맡은 일은 새로 태어난 임금에게 경배를 드리고 예물을 바치는 일이었다. 그들은 예물로 황금(gold)과 유향(incense)과 몰약(myrrh)을 바쳤다(마태복음4:11). 이들 역시 물질의 선물이었다.

물질의 선물로 선택할 것이 더 없어서인지 화자는 다시 한 번 무슨 선물을 바칠까 자신에게 묻는다. 그리고는 자기의 마음을 드리겠다고 말한다. 자신의 모두를 바치겠다는 정성의 표시가 아니겠는가? 믿는 자에게 있어 진정한 제물은 나 자신인 것이다.

이 시에서는 시인이 자신에게 가하여 풍기는 고행과 수도의 입김과 그가 한껏 즐기며 말끔한 언어의 형체를 지어내는 장인의 솜씨가 한데 어울리면서 흐뭇한 긴장감마저 돋우어 준다.

42. What Do They Do?

Christina Rossetti(1830~1894)
영국 여류 시인(#8, #41에서 작자 소개 참조).

아빠, 엄마, 아기로 된 한 가정의 단면을 시인은 섬세한 재치와 여유 있는 리듬, 명쾌한 논조를 가지고 다루어 나간다.

제목이 각자의 역할을 묻는 질문형인데, 각자의 정체나 속성을 묻는 말이나 다름이 없다. 집에 꿀을 가져오는 벌은 그의 역할이 곧 그의 본분을 말해 준다. 집에 돈을 가져오는 아빠의 역할도 마찬가지다. '가져오는' 역할에 있어서 벌과 아빠는 흡사한 본분을 지킨다.

엄마의 역할은 아빠가 가져오는 돈을 집을 위해 쓰는 것이며, 아기의 역할은 벌이 가져오는 꿀을 맛있게 먹어 주는 것이다. '써 주는' 역할에 있어서 엄마와 벌은 흡사한 본분을 다한다.

우리 문화에서는 전통적으로 생산과 저축을 귀히 여기고 지출과 소비를 경계시하는 경향이 있어 왔다. 그래서 벌이 가져오는 아까운 꿀을 넙죽 받아먹어 버리거나 아빠가 가져오는 귀한 돈을 함부로 써 버리면 안 된다는 조심이 앞선다.

그러나 소비가 없는 생산은 의미가 없고 재미도 없다는 것이 근대 서구문화의 사상이고 그런 성향이 요즘 우리 문화와 생활양식에도 스며들고 있다.

43. Prayer for This House

Louis Untermeyer(1885~1977)

미국 시인 · 명시선 편자 · 번역가. 오늘날 독서계에서는 명시선 편자로 가장 잘 알려져 있다. *Modern American Poetry*(1919)로부터 시작하여 *Golden Treasury of Poetry*(1959), *For You with Love*(1961)에 이르기까지 10여 권의 명시선을 내면서 거의 두 세대에 걸쳐 독자들의 취향을 형성하는 데 크게 이바지하였다. 초기 시집으로 *First Love*(1911), *Challenge*(1914) 등이 있으며 완숙기에 낸 시집으로 *Burning Bush*(1928), *Food and Drink*(1932) 등이 있다.

"편안한 집은 행복의 큰 원천이다. 행복의 등급을 매기자면 건강이 첫째이고 떳떳한 양심이 둘째이고 바로 그 다음이 편안한 집이다." 이것은 영국의 성직자요 저술가였던 시드니 스미스(Sydney Smith)가 한 말인데 아마 많은 사람들이 그에 동감할 것이다.

스미스가 말한 '편안한 집'은 문맥상 몸도 편하게 해주고 마음도 편하게 해주는 집임에 틀림없다. 운터마이어도 그의 시에서 우리의 육신의 안전과 마음의 평안을 동시에 지켜 주는 그런 집을 축원하고 있다.

제1연과 제2연에서는 이 집이 물리적인 재해를 당하지 않기를 기원하는데 인간의 기도가 자연의 재해를 막아 주는 절대적 보장이 되지 못함은 우리 모두가 알고 있는 터이다. 그러나 재해를 일단 당하였을 때 인간이 거기에서 절망하지 않고 다시 일어서게 하는 것은 믿음의 힘이라야 한다. "인생이 살 값어치가 있음을 믿으라. 그러면 그 믿음의 도움으로 값어치 있는 인생이 창출될 것이다."라고 미국의 철학자 윌리엄 제임스(William James)도 말한 바 있다.

제3연과 제4연에서는 집안의 화평과 사랑이 지켜지기를 시인은 기원한다. 화평과 사랑은 여기에서 거의 동의어로 볼 수 있다. 화평이 있는 집은 사랑이 있는 집이요, 사랑이 있는 집은 화평이 있는 집이다.

가족 간에 화평을 지키는 비결의 하나는 집안의 어른 또는 남편이 보이는 영도적 역량이다. "가장(家長)이 확고하게 지배하는 가족 안에는 다른 곳에서 찾아보기 어려운 평화가 깃든다."고 괴테(Johann Wolfgang von Goethe)는 말하였다.

화평의 정신이 온 집안에 감돌아 가족들의 입술들이 정결해지기를 시인은 기원한다. 예전에 무심하거나 변덕스럽던 자리들이 사랑과 존귀함이 풍기는 자리로 변하기를 기원한다. 그리고 집안에서 터져 나오는 웃음소리가 성난 목소리를 누르고, 이 집이 미움을 내쫓고 사랑을 늘 붙들어 들이는 집이 되기를 기원한다.

44. Sweet and Low

Alfred Tennyson (1809~1892)
영국 시인. 8세 때부터 시를 쓰기 시작. 20대에 시집 *Poems, Chiefly Lyrical*(1830)을 냈다. 절친한 대학동창 아서 H. 핼럼(Authur H. Hallam)의 뜻밖의 죽음(1833)을 계기로 쓰기 시작한 연작 애도시 *In Memoriam*은 17년 만에 완성되어 나온 역작이다. 이 연작시가 나온 1850년에 테니슨은 윌리

엄 워즈워스(William Wordsworth)의 뒤를 이어 계관시인으로 서임받았다. 테니슨은 *The Idylls of the King*(1859)을 비롯하여 많은 장시를 썼으나 서사시나 극시의 형식에서는 호평을 받지 못하였다. 그의 천재적 재능은 서정시에 있었고 특히 운율과 리듬에서 솜씨가 능하였다고 평가되어진다.

테니슨이 완숙기에 이르러 쓴 장시 *The Princess*(1847)는 옛날 역사서에서 나오는 이야기를 바탕으로 몇몇 젊은 귀족 남녀들이 창출해 내는 서사시인데 초판에는 "Tears, Idle Tears," "Now Sleeps the Crimson Petal"과 같은 서정시들이 들어 있고 1850년 3판에는 장이 끝나는 부분에 삽입하여 넣은 서정시 "Sweet and Low"와 "The Splendour Falls on Castle Walls"가 있다.

이 시의 첫머리에 보면 달밤에 바닷가에서 어머니가 어린 아기를 안고 앉아 자장가를 부르고 있다. 이 자장가는 집안에서 보통 들을 수 있는 그런 자장가가 아니다. 어머니는 지금 돛배를 타고 먼 바다로 나간 아기의 아빠를 눈이 빠지게 기다리는 애절한 심정에서 이 노래를 부르고 있다.

어머니와 아버지와 아들—이 셋이 합쳐져서 아름다운 화음을 이루고 있는 이 시는 평소에 위대한 민족을 이루는 것은 신성한 가정생활이라고 굳세 믿었던 테니슨의 가정관을 잘 나타내 주는 것이라고 말할 수 있다.

이 시의 장점은 바다의 파도소리처럼 리듬을 가지고 되풀이되는 운율과 거기에서 일어나는 의미의 심화에 있다. 이 시를 오래오래 많은 사람들이 애독하는 이유도 그런 데에 있을 것이다.

45. The Fisher's Widow

Arthur Symons(1865~1945)

영국 시인·비평가. 목사 아버지의 슬하를 젊어서 떠나 런던에 나와 살던

아서는 어린 시절의 생활환경을 영영 버리고 도시 생활로 완전히 방향을 틀어 문학에 투신하였다. 그때 사귀던 벗들 가운데 예이츠(W. B. Yeats)도 있었다.

그의 초기 시집 *Days and Nights*(1889)와 *London Nights*(1895) 등은 19세기 말의 데카당(decadence) 문예운동을 찬미하는 시들이 태반이다. 그후 *The Symbolist Movement in Literature*(1899)와 같은 비평서를 통해 프랑스의 상징주의 문학을 영국에 소개하는 한편 데카당 문예운동의 선도자로서 예술지상주의를 극구 옹호하였다.

바다에 그를 묻은 날부터 바다를 등지고 여태껏 살아온 그녀는 아직도 바다를 내다보는 일에 시간을 보낸다. 바람이 거세지자 그녀는 직감적으로 바다로 눈을 돌린다. 바다에 그를 묻었던 날이 아마도 바람이 거센 날이어서 그럴까? 그런데 바다를 오래 지켜볼 수가 없다. 너무 여러 날들이 이지러지면서 이제는 진저리가 나는 것이다.

거센 풍파의 이 겨울날에도 어촌 항구에는 배들이 나가고 들어오고 한다. 그것이 어촌의 맥동이니까. 그 많은 배들이 나가면 으레 나간 만큼 들어오는데 단 한 척의 배, 그의 배만은 돌아올 줄을 모른다.

바다에서 휘날리는 저 포말들은 오늘도 미망인의 가슴에서 산산이 부서지는 허망한 꿈의 모습이 아닐까?

46. Father

Myra Cohn Livingston (1926~1996)

미국 시인·비평가·편집자. 시집 *Whispers and Other Poems*(1958)에 담긴 그녀의 초기 시는 나이 어린 독자들을 즐겁게 하는 시들이 대부분인데 후에는 좀더 높은 연령의 아이들을 대상으로 하는 더욱 세련된 시로 옮겨 갔다. 어린이를 위한 시의 수준을 높이고자 무진히 노력하였다.

이것은 아들이 바라보는 아버지의 상을 그린 시이다. "나의 세계를 받치시"는 아버지는 단순히 물질적 부양만이 아니라 정서적·정신적 성장도 보살피는 중요한 책임을 맡은 집안의 가장이다. "어린이 시절에 필요한 것 중에 아버지의 보호의 필요성만치 큰 것은 없다."고 정신분석가 프로이트(Sigmund Freud)는 말하였다.

제1연에 나타나는 집에 속하는 이미지들(천장, 문틀, 벽)은 가족을 보호하는 아버지의 임무와 너무나도 잘 어울린다. 아버지는 가족이 기쁨에 차 있을 때나 슬픔에 잠겨 있을 때 기쁨과 슬픔을 가장 크게 나누는 존재이기도 하다. 그래서 그의 웃음소리와 울음소리가 어느 누구보다도 큰 것이다.

아버지는 보호자임과 동시에 가족을 바른 길로 이끄는 인도자이다. 자식이 아버지의 손을 꼭 잡고 있는 한 가족은 언제나 바른 길을 찾아갈 수가 있다. 영국 속담에 "아버지 한 사람이 학교 선생 백 사람보다 낫다."는 말이 있는데 이것은 학식보다 세상 사는 법을 제시해 주는 아버지의 슬기로움을 말하는 것이리라.

47. My Mother]s Face

Liz Rosenberg

이력 미상. 그의 시 "My Mother's Face"는 *Poems for Mothers*, selected by Myra Cohn Livingston(New York: Holiday House, 1988)에 게재됨.

"나는 문 앞에 있는 엄마의 얼굴을 봐요." 이것은 이 시의 첫 행에 나왔다가 마지막 행에서 되풀이되는 매우 암시적인 문장이다. 이 시에서는 딸 하나만 데리고 사는 어머니가 밤낮으로 딸의 방문 앞에 와서 잘 있나 살펴보는 정성된 어머니의 사랑이 그려지고 있다.

흔히 어머니의 사랑을 가리켜 사심 없는 무조건적인 사랑이라고 말한다. 아버지보다 어머니가 더 헌신적인 것은 생래적인 이유가 있어

216

서라고 한다. 옛적에 아리스토텔레스가 한 말에 의하면 어머니는 아기를 분만할 때부터 고난을 겪어서 아이가 자기의 분신이라는 확신이 더 강해졌다는 것이다.

제2연에서 어둠 속을 헤치고 들어와 딸의 볼에 손을 얹는 어머니에게서 자식을 향한 본능적인 또는 자기도취적인 성정을 우리는 읽어본다.

물론 어머니는 자기만의 시간을 갖기도 한다(제3연). 그러나 그 대부분을 혼잣말, 성내며 뱉는 외마디 소리, 허밍 등으로 보내다가 다시 딸의 방으로 마음을 돌린다. 이 시에서 딸이 보는 문 앞에 있는 어머니의 얼굴은 실은 그녀가 읽는 어머니의 마음의 얼굴인 것이다.

48. The Quarrel

Eleanor Farjeon(1881~1965)
영국 아동문학가 · 시인(#11 작자 소개 참조).

파전은 평소에 말하기를 "어린이 시절은 우리 모두가 복귀하는 영원의 경지"라고 하였다. 그녀의 이 시에서 어린 형제들이 다투는 모습을 보게 되면 사람이 감정의 지배를 받으며 하는 행위에서는 어린이나 어른이나 다를 바가 없다는 것을 느끼게 된다.

이 세상의 모든 말다툼은 저마다 옳다고 생각하는 사람들이 맞설 때 일어난다. 그 중 어느 쪽이든지 자기가 옳지 않다고 시인하고 나서면 입씨름이 계속될 이유가 없다. 이 시에서처럼 말다툼은 하찮은 일로 일어났다가 거센 불길로 번지는 것이 보통이다. 그리고 자기가 옳다는 생각은 말다툼의 불길이 타오르는 속도와 비례하여 더욱 깊어진다. 자기의 옳은 생각을 받아들이지 못하는 상대방이 미워지기 시작한다.

인간이 감정의 지배를 받는 존재인 한 우리 사이에 다툼이 끝날 날은 없을 것이다. 그러나 감정을 억제하고 도리를 좇아 일을 처리하는 것 역시 인간의 고귀한 품성에서 나오는 것이므로 모든 다툼은 그런 지혜로운 판단이 들어설 때 끝나는 것이다.

이 시의 형제간의 말다툼도 위와 같은 경로를 밟아 아름다운 화평을 이루었다.

49. When You Are Old

W(illiam) B(utler) Yeats(1865~1939)

아일랜드 시인·극작가. 현대 영시인 중에서 으뜸가는 시인의 한 사람으로 꼽힌다. "The Lake Isle of Innisfree"(1893)로 대표되는 그의 초기 시는 추악한 현실 세계를 떠나 아름다움과 불가사의가 충만한 환상의 세계로 찾아 들어가는 낭만시로 특징지워진다.

30대에 들어서 예이츠는 아일랜드 국립극장 설립운동에 적극 참여함과 동시에 아일랜드 국민에게 역사 오랜 아일랜드의 문화예술 전통을 일깨워 주었다.

장년기의 그의 시는 몽상적인 낭만주의를 벗어나 회화체와 논설조가 더욱 섞이며, 인간이 당면하는 문제 또는 딜레마가 다루어지는 좀더 지적인 시로 옮겨 간다.

그 이후 아일랜드 국민에 대해 가졌던 꿈을 상실한 예이츠는 신령주의와 강신술(降神術)에 전념하여 자기 나름의 상징이 난무하는 불가해의 시를 쓰기도 하였다.

노년에 든 시인이 자기보다 나이 어린 친구의 여인에 대놓고 그녀가 뭇 남자들의 애모의 대상으로 있던 마음의 고향으로 돌아가는 이 시는 잊혔던 먼 과거의 시름이 가물거리다가 조용히 녹아나는 멋진 한 순간을 보여준다.

극적인 구조로 짜인 이 시에서 화자는 현재 시점에서는 국외자이지만 옛날에는 여인의 남자와 가까이 지내던 사이였다고 보인다. 분명히 실연을 당한 듯한 여인을 향해 화자는 따뜻한 위로를 보내는 한편 "당신을 버리고 떠나 / 저 높이 솟은 산악들을 헤쳐 가다가 수많은 별들 가운데에 / 얼굴을 감추고 만 그 사랑"에게도 들리지 않는 한숨으로 어루만져 주는 것이 아닌가 싶다.

이 시의 묘미는 청춘 시절에 있었던 애정 행각이 먼 후일 노년에 든 사람의 향수 어린 추억의 날로 그려질 때 잊혔던 과거가 한층 더 달콤하고 소중한 경험으로 살아나게 되었다는 데에 있다.

50. The Little Boy and the Old Man

Shel Silverstein (1932~1999)

미국 시인·화가·극작가. 오늘날 미국 어린이 독자들 사이에서 가장 많이 알려진 문학가의 한 사람이다. 1950년대에 군 복무 중 한국과 일본에 체류하였으며 그때 군의 신문 The Stars and the Stripes에서 만화가로 일하였다. 그의 주요 작품집으로는 *The Giving Tree*(1964), *Where the Sidewalk Ends*(1974), *A Light in the Attic*(1981) 등이 있다. 남녀노소를 막론한 인간관계를 심도 있게 다룬 글을 썼다.

이 시는 인간관계에서 노소(老少)의 문제를 유머를 섞어 가며 다룬 명쾌한 작품이다. 사람이 늙으면 어린아이가 된다는 말이 있다. 늙기 전에 갖고 있던 모든 능력이 쇠퇴하고 감소되어 능력이 미발달된 어린이의 상태로까지 떨어진다는 말이 되겠다.

능력이 한정된 점에서 공통성을 지닌 어린 소년과 노인은 이 시에서 대화를 나눌 때 처음에는 서로가 상대방 사정을 알지 못하고 있다. 어린 소년은 늙은 할아버지가 되는 것이 어떤 것인지를 알지 못하며 늙은이는 자기가 거쳐 온 어린이 시절이 어떠했는지 기억조차 못하고 있다. 그러므로 대화가 한 걸음 한 걸음 진행될 때마다 두 사람은 새로운 발견을 하며 놀라게 된다.

뿐만 아니라 어린이와 노인은 연령적으로 그들 사이에 끼어 있는 성인층으로부터 무심한 대접을 받고 있다는 것을 알게 되는 순간 한 몸, 한 마음으로 뭉치려는 충동마저 느끼게 된다.

51. People

D(avid) H(erbert) Lawrence(1885~1930)

영국 소설가·시인·희곡작가·비평가. 소설가로 더 많이 알려져 있는 로런스는 당초에는 시와 소설을 같이 쓰기 시작하였으며, 대소설가로 올라섰을 때에도 그는 메마른 지성주의에서 벗어나 시정(詩情)을 중시한 몇몇 주요 작가들과 맥을 같이하는 글을 썼다.

투병 생활을 오래 한 그는 장편소설 12편, 단편집 8권, 희곡 7편을 냄과 동시에 12권의 시집을 낸 다작의 문필가였다.

Love Poems(1913)를 위시한 초기 시에서는 연애시가 대반이고 그 후 *Birds, Beast and Flowers*(1923)와 *Pansies*(1929) 등에서 동물에 대한 그의 느낌을 즐겨 다루었으며 후기 시에서는 산야에 핀 꽃들을 가지고 사랑의 주제를 다룬 것이 상당수 있다.

🌷 유럽의 도시 문명이 그 자신의 창조 정신이나 다른 작가의 창조 정신을 질식시키고 있다고 절감하였던 로런스는 그럴 적마다 국외로 뛰쳐나가 이국적인 상황에서 살았다. 그가 귀히 여긴 창조 정신이란 과연 무엇인가?

로런스는 인간 개인의 '진실'이나 '성실'을 중요시하고 그 같은 가치를 바탕으로 한 개인 간의 관계를 매우 존중하였다. 이러한 관계가 결여된 현대인은 막상 삶의 질을 경험하려 해도 그럴 능력을 상실하게 된다고 그는 생각하였던 것이다.

이 시에서 가슴속에 "홀로임이 살아 있"는 사람이란 자율적인 정감과 판단력을 가지고 있는 보통 사람들인 것으로 해석되는데 우리도 알듯이 낱알 두 개가 서로 같지 않은 것처럼 사람은 누구든 옆의 사람과 똑같지 않은 개성을 가지고 있게 마련이다.

로런스는 개성이 말살된 사회를 원치 않았던 것 같다. "만약 개성이 활동할 자유가 생기지 않으면 사회는 발전하지 못한다. 만약 개성이 한계를 넘어서면 사회는 멸망하고 만다."라고 영국의 자연과학자 토머스 헉슬리(Thomas H. Huxley)가 말했지만 로런스가 오로지 우려한 것은 개성의 자유가 제한받는 사회였을 것이다. 그것이 이 시를 꿰뚫어 흐르는 그의 가치관이다.

52. Sing a Song of People

Lois Lenski (1893 ~ 1974)

미국 아동문학가·시인·삽화가. 젊은 독자층에 많은 영향을 끼쳤다. 주로 뉴잉글랜드를 배경 삼은 역사소설을 7편 내고 미국의 다양한 지방을 찾아다니면서 지방 특유의 향토문학을 개발하는 데에 이바지하였다. 매우 개방된 시야를 가지고 사회의 구석구석에서 사회악에 시달리는 젊은 남녀들의 삶을 포착한 지방소설을 써냈다.

더욱 많은 사람들이 시골이나 전원보다 번화한 도시에 몰려와 살고 있는 것이 오늘의 현실이다. 시인의 눈이 도시의 풍경으로 자주 쏠리는 것도 당연한 것이다.

렌스키가 보는 도시의 사람들은 어떤 특색을 가진 사람들인가? 그들은 한시도 쉬지 않고 무엇인가를 위해서 어딘가로 향해서 움직이는 사람들이다.

제2연과 제3연에서는 특히 사람들의 움직임이 마냥 틀에 박힌 듯이 보이는데 이것을 내려다보는 시인의 눈에는 어찌 보면 바지런한 개미떼의 확대판 같기도 할 것이다.

제4연에서는 걸어가는 사람들에 다소 표정의 차가 나기 시작하며 제5연에서는 이 시의 전체적 의미를 정리한 4행이 중요한 매듭을 짓고 있다.

왔다 갔다 하기를 좋아하는
　사람들의 노래를 불러 보세,
우리가 보기는 해도 알지는 못하는
　도시 사람들을 노래 불러 보세!

첫째, 도시의 제한된 공간에 사는 사람들이 고작 할 수 있는 일이란 "왔다 갔다 하"는 일이다. 이것을 긍정적으로 보면 도시인이 활동하는 모습이고, 부정적으로 보는 사람에게는 숨 막히는 이야기가 될 수도 있다. 그러나 렌스키의 시적 분위기는 긍정적이라고 봐야 할 것이다.

둘째, "우리가 보기는 해도 알지는 못하는 도시 사람들"이다. 여기서도 긍정적인 관점은 로런스의 시 "People"에서도 그러했듯이 우리가 속을 알지 못하는 사람들이 지나가고 또 지나가고 한다는 것이다. 그들을 다 알 수도 없고 다 알려고 하는 것부터가 우리의 욕심에 지나지 않는다. 이것을 부정적인 시각에서 본다면 산업화된 도시가 인간미를 상실한 증거라고 말할 수도 있겠다. 그러나 모든 문명 시설을 갖춘 오늘의 도시사회에서 옛날 전원에서 즐기던 '이웃 사랑'을 요구한다면 그것도 우리의 욕심이 아닐까? (도시의 어느 좁은 구석에는 여태껏 '이웃 사랑'이 명멸하고 있는 데가 있기도 하겠지만.)

Acknowledgments  작품 게재 인사말

The publisher & editor acknowledge with thanks permission received from the following to include poems in this collection:

Marchette Chute, "Our Tree," from *Around & About* by Marchette Chute, published 1957 by E. D. Dutton. Copyright renewed by Marchette Chute, 1985. Reprinted by permission of Elizabeth Hauser.

"Dreams," from *The Collected Poems of Langston Hughes* by Langston Hughes, edited by Arnold Rampersad with David Roessel, Associate Editor, copyright © 1994 by the Estate of Langston Hughes. Used by permission of Alfred A. Knopf, a division of Random House, Inc.

The publisher & editor also render thanks to the authors & publishers of the 17 selections listed below who have made possible this publication.

From *Favorite Poems Old & New*, selected by Helen Ferris (Doubleday, 1957): "The Night Will Never Stay" by Eleanor Fargeon; "There Isn't Time" by Eleanor Fargeon; "The Quarrel" by Eleanor Fargeon; "Stopping by Woods on a Snowy Evening" by Robert Frost; "Snail" by Langston Hughes; "Hold Fast Your Dreams" by Louise Driscoll; "Beauty" by Louise Abeita; "Prayer for This House" by Louis Untermeyer.

From *The Random House Book of Poetry for Children*, selected by Jack Prelutsky (Random House, 1983): "Night Comes..." by Beatrice Schenk de Regniers; "Keep a Poem in Your Pocket" by Beatrice Schenk de Regniers; "Sing a

Song of People" by Lois Lenski; "The Little Boy and the Old Man" by Shel Silverstein.

From *Rainbow in the Sky*, edited by Louis Untermeyer (Harper, Brace & World, 1923): "Rain" by Robin Christopher.

From *Poems for Mother*, selected by Myra Cohn Livingston (Holiday House, 1988): "My Mother's Face" by Liz Rosenberg.

From *Small Poems by Valerie Worth* (Farrer, Straus & Giraux, 1972): "Pebbles" by Valerie Worth.

From *The Oxford Treasury of Children's Poems* (Oxford University Press, 1988): "I Wonder" By Jeannie Kirby.

From *Read-Aloud Rhymes for the Very Young*, selected by Jack Prelutsky (Alfred Knopf, 1986): "It Fell in the City" by Eve Merriam.

All possible care has been taken to trace the current ownership of the above-listed selections and to make full acknowledgment of their use—but with little success. When notifications are sent to the publisher and editor, any inadvertent errors will be corrected in subsequent editions.